Von den rationalen zu den reellen Zahlen — 54
Gegen die »harte« Unendlichkeit der reellen Zahlen hilft keine Induktion. Andere Hilfsmittel wie Grenzwerte, Intervallschachtelungen und Stetigkeit sind heranzuziehen

Das Kontinuum: Labyrinth der Vernunft — 60
Es gibt einen Zeitpunkt, aber nicht den unmittelbar benachbarten Zeitpunkt. Wie soll man das verstehen?

Wie viel wiegen die rationalen Zahlen? — 64
Nichts! Vor der Übermacht der namenlosen reellen Zahlen verblasst alles, was man mit Brüchen ausdrücken kann, zur Bedeutungslosigkeit

Triumph des Diskreten: Plancks Konstante — 70
Physik ist kontinuierlich – dachten die Physiker. Da musste Max Planck sie wider Willen eines Besseren belehren

Das Hotel Hilbert — 76
Alle Zimmer sind belegt? Das macht nichts. Ein kleiner Umzug – und abzählbar viele neue Gäste finden Platz

Spiel des Geistes
Aufgaben und Lösungen — 69 / 81

SPEKTRUM DER WISSENSCHAFT SPEZIAL 2/05: UNENDLICH (PLUS 1)

Das niemals ausgebuchte Hotel — S. 76
Schon aus touristischen Gründen sollte man dem Hotel Hilbert mit seinen abzählbar unendlich vielen Zimmern einen Besuch abstatten

Bijektion — S. 6
Alle Plätze belegt, und keiner mehrfach: Dieser Traum des Theaterdirektors lässt sich auch an abstrakten, unendlichen Schauplätzen realisieren

Zum Titelbild: Mit einer geschickt gewählten Projektion lässt sich eine unendliche Anzahl von Würfeln in einem endlichen Sechseck unterbringen. Einige der zentralen Würfel »tanzen aus der Reihe«, aus künstlerischen Gründen. TITELMOTIV: ALEXANDER KOEWIUS

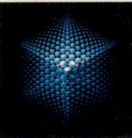

Erster Vorstoß ins Unendliche: Bijektion

Die milden Formen des Unendlichen kann man sich an den Fingern abzählen – nicht wirklich, aber im Prinzip schon.

Von Francis Casiro und Gilles Cohen

Wie kann ich mich vergewissern, dass ich an beiden Händen gleich viele Finger habe? Ganz einfach: Ich lege die Finger aufeinander, Daumen auf Daumen, Zeigefinger auf Zeigefinger und so weiter. Jeder rechte Finger liegt genau auf einem linken Finger, und umgekehrt. Kein Finger ist doppelt belegt, und keiner bleibt übrig. Das genügt, um zu wissen, dass ich rechts wie links gleich viele Finger habe.

Das uralte, biedere Prinzip des Abzählens ist nicht auf Finger (als Objekte) und Finger (als Zählhilfsmittel) beschränkt. Der chaldäische Schäfer vergewisserte sich nach der Rückkehr von der Weide, dass er kein Tier verloren hatte, indem er für jedes Tier, das in den Pferch eintrat, einen kleinen Stein *(calculus)* aus einem Umhängebeutel herausnahm. Diese Zuordnung konnte scheitern; am Ende blieb vielleicht ein Stein übrig (schlecht) oder ein überzähliges Schaf wanderte in den Pferch (gut).

Inzwischen ist der Beutel des Schäfers durch einen abstrakten und unerschöpflichen Beutel ersetzt worden, nämlich die Folge der natürlichen Zahlen. Der Akt des Zählens aber hat sich nicht verändert. Nach wie vor geht es darum, ausdrücklich oder stillschweigend das herzustellen, was die Mathematiker eine Bijektion nennen.

Die mathematische Definition dieses Begriffs wirkt zunächst abschreckend, so als würde man unnötig viele und schwierige Worte um eine einfache Sache machen:

»Eine Abildung von einer Menge in eine zweite Menge ist eine *Bijektion*, wenn jedem Element der zweiten Menge ein und nur ein Element der ersten Menge zugeordnet ist.«

Anstelle von Bijektion spricht man auch von einer bijektiven, eineindeutigen, umkehrbar eindeutigen oder Eins-zu-eins-Abbildung. Während für eine Abbildung im mathematischen Sinn (oder auch »Funktion«) nur verlangt wird, dass jedem Element der ersten Menge ein Element der zweiten Menge zugeordnet wird – genau eins, nicht weniger und nicht mehr –, muss für eine Bijektion auch das Umgekehrte gelten. Insbesondere werden bei der so vorgenommenen Zuordnung weder zwei verschiedene Elemente der ersten Menge »in einen Topf geworfen«, noch wird ein Element der zweiten Menge vergessen.

Mengen, zwischen denen es eine Bijektion gibt, heißen »gleichmächtig«. Welch ein großmächtiges Wort für eine einfache Sache! Wenn ich eine Menge mit meinen fünf Fingern abzählen kann, hat sie fünf Elemente. Allgemein haben zwei Mengen gleich viele Elemente, wenn es eine Bijektion zwischen ihnen gibt. Wozu der begriffliche Aufwand? Um auch mit Mengen umzugehen, für die man nicht mehr von der »Anzahl der Elemente« sprechen kann: unendliche Mengen.

Der Begriff der Mächtigkeit stammt von Georg Cantor, dem »Vater der Mengenlehre«. In seinen »Grundlagen einer allgemeinen Mannigfaltigkeitslehre« von 1883 schreibt er: »Jeder wohl definierten Menge kommt ... eine bestimmte Mächtigkeit zu, wobei zwei Mengen dieselbe Mächtigkeit zugeschrieben wird, wenn sie sich gegenseitig eindeutig, Element für Element, einander zuordnen lassen.«

Injektion, Surjektion, Bijektion

Wie stellt der Theaterdirektor fest, ob sein Haus ausverkauft ist? Er muss sich von zwei verschiedenen Dingen überzeugen:
▶ Kein Sitzplatz ist unbesetzt;
▶ kein Sitzplatz ist von mehr als einer Person besetzt: keine Kinder auf dem Schoß, keine eng umschlungenen Liebespaare, nirgends prügeln sich zwei Leute um einen Sitz, weil Karten fehlerhaft ausgestellt wurden.

Dieses Beispiel zeigt, dass für jede bijektive Zuordnung – hier zwischen Theaterbesu-

Für jedes Schäfchen ein Steinchen: Schäfchenzählen ist die einfachste Art der bijektiven Zuordnung. Sie funktioniert auch ohne Zahlbegriff.

chern und Sitzplätzen – zwei Bedingungen erfüllt sein müssen. In der Fachsprache ausgedrückt: Eine Abbildung (oder Funktion) ist genau dann bijektiv, wenn sie sowohl injektiv als auch surjektiv ist.
▶ Surjektiv bedeutet: Jeder Platz ist besetzt.
▶ Injektiv heißt: Es sitzen nirgends zwei verschiedene Zuschauer auf demselben Platz.

In der formalen Sprache: Eine Abbildung f von einer Menge M in eine Menge N heißt *injektiv*, wenn die Bilder zweier verschiedener Elemente A und A' von M unter der Abbildung f niemals gleich sind. Oder, was dasselbe ist, wenn aus der Gleichheit der Bilder bereits die Gleichheit der Elemente selbst folgt: $f(A) = f(A') \Rightarrow A = A'$.

Die Abbildung f heißt *surjektiv*, wenn es zu jedem Element B der zweiten Menge N ein Urbild gibt, das heißt ein Element A von M mit der Eigenschaft $f(A) = B$.

Ein weiteres Beispiel: Nehmen wir an, auf dieser Erde gäbe es weder Vielweiberei noch Vielmännerei. Jeder Mensch ist, wenn überhaupt, verheiratet mit genau einem Partner des anderen Geschlechts. Dann gibt es in jedem Moment genauso viele Ehemänner wie Ehefrauen. Um das nachzuprüfen, muss man nicht beide Sorten Menschen einzeln auszählen. Es genügt die Feststellung, dass jeder Ehemann genau eine Ehefrau hat und umgekehrt. Damit ist nämlich per definitionem die Abbildung, die einem Ehemann seine Ehefrau zuordnet, bijektiv. Es folgt daraus, dass die Menge der Ehemänner und die der Ehefrauen gleichmächtig sind.

Rückfahrt gratis
Die umgekehrte Funktion, die der Ehefrau den Ehemann zuordnet, ist gleichfalls bijektiv. Allgemein gilt für Bijektionen: Hat man die Fahrkarte für die »Hinfahrt«, bekommt man die »Rückfahrt« gratis. Jede Bijektion hat ihre – ebenfalls bijektive – Umkehrabbildung.

Wenn andererseits eine Abbildung eine Umkehrabbildung hat, ist sie bereits bijektiv. Man muss dann nicht mehr eigens beweisen, dass sie sowohl injektiv als auch surjektiv ist.

Eine Bijektion ist also so etwas wie ein Wörterbuch in beiden Richtungen. Der erste Teil »Englisch–Deutsch« ordnet dem Wort »*house*« das Wort »Haus« zu, im zweiten Teil findet man unter »Haus« die Übersetzung »*house*«. Allerdings ist die sprachliche Wirklichkeit viel zu komplex, als dass sie in das Schema der Bijektion zu zwängen wäre.

Der Begriff der Bijektion ist ein wichtiges Hilfsmittel zur Untersuchung des Unendlichen. Man nennt eine Menge M endlich, falls es eine natürliche Zahl n mit der Eigenschaft gibt, derart, dass M gleichmächtig mit der Menge $\{1, 2, …, n\}$ der natürlichen Zahlen von 1 bis n ist. M heißt unendlich, falls es keine derartige Bijektion gibt.

Für unendliche Mengen müssen wir also jenen abstrakten Steinchenbeutel namens $\mathbb{N}$ hervorkramen, der sämtliche natürlichen Zahlen enthält. Vielleicht benötigen wir im konkreten Fall nicht alle Steinchen, mit Sicherheit aber mehr als jede endliche Anzahl. Merkwürdigerweise kommt es nicht wirklich darauf an, ob es alle Steinchen aus $\mathbb{N}$ sind oder nur unendlich viele. Man kann nämlich zeigen, dass jede unendliche Teilmenge von $\mathbb{N}$ die gleiche Mächtigkeit hat wie $\mathbb{N}$ selbst. So ist beispielsweise $n \mapsto n^2$ eine Bijektion zwischen den natürlichen Zahlen und den Quadratzahlen. In diesem Sinne gibt es genauso viele Quadratzahlen wie natürliche Zahlen überhaupt. Das Ganze ist in diesem Fall also nicht größer als einer seiner Teile.

Es ist ein Witz der Geschichte, dass der Begriff der Bijektion ursprünglich eingeführt wurde, um das Aktual-Unendliche entbehrlich zu machen. In der Tradition der Griechen, die dem Unendlichen wegen seiner Paradoxa misstrauten, waren viele Mathematiker zwar bereit, sich auf Aussagen einzulassen wie, dass es »mehr Primzahlen gibt als jede endliche Anzahl« (so ein berühmt gewordener Satz von Euklid), nicht aber, der »Menge aller Primzahlen« eine legitime Existenz zuzugestehen. Um das nicht tun zu müssen, führte man den Bijektionsbegriff ein – der heute das klas- ▷

▲ Der Theaterdirektor ist genau dann glücklich, wenn es eine bijektive Zuordnung zwischen den Plätzen des Theaters (hier des Cuvilliés-Theaters in München) und der Menge der bezahlten Eintrittskarten gibt.

BIJEKTION

▷ sische Mittel zur Handhabung des Unendlichen ist. Nach Richard Dedekind (1831–1916) definiert man sogar eine Menge als unendlich, wenn es eine Bijektion von ihr auf eine echte Teilmenge ihrer selbst gibt.

Vom Abzählbaren zum Kontinuum

Mengen, die gleichmächtig mit der Menge $\mathbb{N}$ der natürlichen Zahlen sind, heißen auch abzählbar unendlich; ihre Mächtigkeit wird mit dem Symbol $\aleph_0$ (aleph-null) bezeichnet. Wie sich herausstellt, ist das nur die kleinste Art der Unendlichkeit. Durch das Studium der Bijektionen lernt man, dass es noch viel unendlichere Mengen gibt! Die bekannteste unter ihnen ist die Menge $\mathbb{R}$ der reellen Zahlen. Ihre Mächtigkeit wird allgemein als »die Mächtigkeit des Kontinuums« bezeichnet. Man beweist, dass $\mathbb{R}$ gleichmächtig ist mit der Menge aller Teilmengen von $\mathbb{N}$. Andererseits hat Cantor gezeigt, dass keine Menge mit der Menge ihrer Teilmengen gleichmächtig ist. Die Mächtigkeit des Kontinuums ist folglich echt größer als die einer abzählbaren Menge.

Gibt es eine Zwischengröße im Reich des Unendlichen? Gibt es eine Menge, deren Mächtigkeit größer ist als $\aleph_0$, aber kleiner als die Mächtigkeit des Kontinuums? Lange hat man dazu geneigt, die Existenz einer Zwischengröße zu verneinen; die entsprechende Vermutung ist als Kontinuumshypothese bekannt geworden. Paul Cohen hat bewiesen, dass diese Frage unentscheidbar ist. Man kann dem Lehrgebäude der Mathematik die Kontinuumshypothese als Axiom – das heißt als unbeweisbare Grundwahrheit – hinzufügen oder deren Gegenteil. In beiden Fällen bleibt die Mathematik so widerspruchsfrei wie zuvor.

Die Mächtigkeit des Kontinuums ist gut für einige Kopfzerbrecher. So kann man zeigen, dass es in einer Minute ebenso viele Zeitpunkte gibt wie in einer Stunde. Das scheint verrückt. Eine Stunde muss doch offensichtlich sechzigmal so viele Zeitpunkte enthalten wie eine Minute? Falsch. Vielmehr liefert uns die schlichte Aussage »Eine Stunde besteht aus sechzig Minuten« die für unseren Beweis erforderliche Bijektion!

Die allgegenwärtige Sieben

Und es kam einer von den sieben Engeln, die die sieben Schalen hatten, redete mit mir und sprach: Komm, ich will dir zeigen das Gericht über die große Hure, die an vielen Wassern sitzt, mit der die Könige auf Erden Hurerei getrieben haben; und die auf Erden wohnen, sind betrunken geworden von dem Wein ihrer Hurerei.

Und er brachte mich im Geist in die Wüste. Und ich sah eine Frau auf einem scharlachroten Tier sitzen, das war voll lästerlicher Namen und hatte sieben Häupter und zehn Hörner.

Offenbarung des Johannes, Kapitel 17, Vers 1 bis 3

Die Zahl Sieben spielt in der Geschichte, den Religionen, den Traditionen, den Legenden, den Erzählungen und den Mythologien der Menschheit eine prominente Rolle:
▶ die sieben Tage der Woche
▶ die sieben Todsünden
▶ die sieben Sakramente der katholischen Kirche
▶ die sieben Chakras der Hindus
▶ die sieben heiligen Tempel der arabischen Welt
▶ die sieben freien Künste (Grammatik, Rhetorik, Dialektik, Arithmetik, Geometrie, Musik, Astronomie)
▶ die sieben Weltmeere
▶ die sieben Planeten
▶ die sieben Weltwunder
▶ die sieben Töne der Tonleiter
▶ die sieben Zwerge
▶ die sieben Elementarkatastrophen von René Thom

Warum wohl? Vielleicht ist der Grund ganz einfach. Die Psychologie lehrt uns, dass der Mensch bei mehr als sieben gleichartigen Gegenständen nicht mehr spontan ihre Anzahl wahrnehmen kann: Er muss zählen. Unsere Fähigkeit, spontan Bijektionen herzustellen, kann also diese Schicksalszahl nicht überwinden. Die Kunst des Zählens, ja die ganze Arithmetik geht aus dem Versuch hervor, diese natürliche Beschränkung des Menschen zu überwinden.

Messen wir die Zeit in Minuten. Das Zeitintervall von einer Minute ist das Intervall [0, 1] aller reellen Zahlen, die zwischen 0 und 1 (einschließlich) liegen. Eine Stunde ist entsprechend das Intervall [0, 60]. Betrachten wir nun die Abbildung, die einem Zeitpunkt t innerhalb von [0, 1] den Zeitpunkt $60t$ innerhalb von [0, 60] zuordnet. Zwei unterschiedlichen Zeitpunkten t und t' des Ausgangsintervalls entsprechen dann zwei verschiedene Zeitpunkte des Zielintervalls, nämlich $60\,t$ und $60\,t'$. Somit ist unsere Abbildung injektiv. Andererseits lässt sich jedem Zeitpunkt T in [0, 60] der Zeitpunkt $T/60$ in [0, 1] zuordnen; das liefert uns die Umkehrung unserer Abbildung. Also ist sie auch surjektiv. Damit ist die Gleichmächtigkeit der beiden Zeitintervalle bewiesen.

Nach diesem Vorbild lässt sich auch beweisen, dass die nachfolgenden Intervalle paarweise gleichmächtig sind (für $c \neq 0$): [0, 1] und [0, c] (die Bijektion ist $x \mapsto cx$), [a, b] und [0, $b-a$] (mit der Bijektion $x \mapsto x-a$). Indem man mehrere dieser Bijektionen hintereinander schaltet, beweist man, dass zwei beliebige abgeschlossene Intervalle der reellen Geraden, die nicht nur aus einem Punkt bestehen, gleichmächtig sind. Ob klein oder groß: Man kann sie alle mit einer geeigneten Lupe (der Bijektion $x \mapsto cx$) betrachten, sodass sie gleich groß aussehen, und das ändert nichts an der »Anzahl« ihrer (unendlich vielen) Punkte.

Es wird jedoch noch erstaunlicher. Auch Intervalle, die bis ins Unendliche reichen, haben nicht wirklich mehr Punkte. So sind die beiden Intervalle]0, 1[und]1, $+\infty$[gleichmächtig, wie die Bijektion $x \mapsto 1/x$ beweist. (Die auswärts gerichteten eckigen Klammern bezeichnen »offene« Intervalle, das heißt unter Ausschluss der Ränder.]0, 1[ist das Intervall von 0 bis 1 ohne die Zahlen 0 und 1 selbst.) Indem man die erwähnten Bijektionen hintereinander ausführt, beweist man, dass zwei beliebige offene nichtleere Intervalle der reellen Geraden stets gleichmächtig sind!

Reise in einen zweidimensionalen Raum

Na gut, werden Sie sagen, dann sind eben alle Teilstücke der reellen Geraden, endlich oder unendlich lang, offen oder geschlossen, im Wesentlichen gleich groß, was ihre Mächtigkeit als Mengen angeht. Aber die Ebene hat doch die Dimension 2. Sie enthält unendlich viele Geraden, die untereinander keinen Punkt gemeinsam haben; also muss ihre Mächtigkeit doch größer sein als die des Kontinuums? Falsch. Die beiden Punktmengen sind gleichmächtig.

Der Beweis dieses außergewöhnlichen Satzes stammt von Georg Cantor. Wir beschränken uns hier auf die Beweisidee für ein scheinbar schwächeres Teilresultat, das jedoch dem großen Satz äquivalent ist: Das offene Intervall]0, 1[hat dieselbe Mächtigkeit wie das offene Quadrat]0, 1[×]0, 1[. Das einzige technische Detail, das man im Beweis verwenden muss, ist das Folgende: Jede reelle Zahl hat eine (im Allgemeinen unendliche) Dezimalbruchentwicklung. Sie ist eindeutig, wenn man sich für die abbrechenden Dezimalbrüche (Beispiel: 0,20000... = 0,19999...) auf eine der beiden äquivalenten Schreibweisen festlegt (siehe den Beitrag »Verschieden und doch gleich« auf S. 52).

Seien (x, y) die Koordinaten eines Punktes in dem offenen Quadrat]0, 1[×]0, 1[mit den Dezimalbruchentwicklungen $x = 0,x_0 x_1 x_2 \ldots$ und $y = 0,y_0 y_1 y_2 \ldots$ Diesem Punkt ordnet man den Punkt $0,x_0 y_0 x_1 y_1 x_2 y_2 \ldots$ des offenen Intervalls]0, 1[zu. Die so definierte Abbildung ist offensichtlich injektiv.

Betrachten wir nun eine reelle Zahl z aus]0, 1[mit $z = 0,z_0 z_1 z_2 z_3 z_4 z_5 \ldots$ Dieser Punkt ist das Bild desjenigen Punktes im offenen Quadrat]0, 1[×]0, 1[, der die Koordinaten $0,z_0 z_2 z_4 \ldots$ und $0,z_1 z_3 z_5 \ldots$ hat. Damit wäre die Surjektivität bewiesen, wenn es nicht ein kleines technisches Problem gäbe: Die reelle Zahl 0,909090... müsste das Bild des Punktes $(0{,}999\ldots,\, 0{,}000\ldots) = (1, 0)$ sein; dieser Punkt liegt nicht mehr im offenen Quadrat, sondern an dessen Rand. Dasselbe Problem hat man mit allen Zahlen der Form $0,9 y_0 9 y_1 9 y_2 \ldots$, welche sämtlich Bilder von Punkten am rechten Rand des Quadrats sind (BC im Bild rechts).

Unsere Abbildung des offenen Quadrats]0, 1[×]0, 1[auf das Intervall]0, 1[ist also injektiv, aber nicht surjektiv und damit auch nicht bijektiv. Aber dieses Resultat ist sogar stärker als das angekündigte. Das »dicke« Quadrat hat nicht mehr Punkte als das »dünne« Intervall, was für sich schon erstaunlich genug ist, es hat sogar noch ein paar weniger.

Damit ist der schwierige Teil erledigt. Die verbleibenden Unstimmigkeiten klärt der Satz von Cantor-Schröder-Bernstein: »Wenn es eine Injektion von A nach B gibt und eine von B nach A, dann existiert eine Bijektion zwischen A und B.« Eine injektive Abbildung vom Quadrat ins Intervall haben wir oben angegeben, und eine injektive Abbildung vom Intervall ins Quadrat ist nicht schwer zu finden. Man nehme beispielsweise $x \mapsto (x, 1/2)$.

Allgemein kommt es für die Mächtigkeit von Punktmengen nicht auf deren Dimension an. Jede Menge auf der Geraden, in der Ebene oder im Raum, die zumindest ein – beliebig kleines – Intervall beziehungsweise einen Kreis oder eine Kugel enthält, hat die Mächtigkeit des Kontinuums. ◁

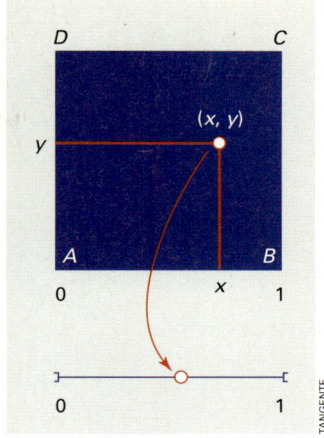

Kaum zu glauben, aber wahr: Das Quadrat $ABCD$ enthält »genauso viele« Punkte wie das Intervall]0, 1[.

Induktion: die Leiter ins Unendliche

Alle natürlichen Zahlen Schritt für Schritt erfassen, ohne wirklich unendlich viele Schritte zu tun: Dieses Zauberkunststück vollbringt die mathematische Induktion.

Von Norbert Verdier

Stellen wir uns ein Kind vor, das eine Treppe mit unendlich vielen Stufen hinaufsteigen möchte. Es sollen abzählbar unendlich viele Stufen sein, sodass man sie zählen kann: 1, 2, 3, ...

Auch der längste Weg beginnt mit dem ersten Schritt. Aber wenn das Kind die erste Stufe erklettern kann und über ein Rezept verfügt, um von einer beliebigen Stufe zur nächsten zu kommen, dann kann es hinaufsteigen bis zu jeder beliebigen Höhe – zumindest in der Theorie.

Das ist es, was die Mathematiker Induktion nennen. Eigentlich bedeutet das Wort »Schließen vom Speziellen auf das Allgemeine«, zum Beispiel von den ersten paar Treppenstufen auf die ganze unendliche Treppe. Im Gegensatz dazu versteht man unter Deduktion das Schließen vom Allgemeinen auf das Spezielle: Man ist im Besitz einer allgemeinen, abstrakten Wahrheit (»alle Vögel schlüpfen aus Eiern«) und leitet daraus eine Einzelfallaussage her (»dieses Huhn ist aus einem Ei geschlüpft«).

Induktives Denken ist das tägliche Brot des Experimentalphysikers oder auch des Biologen: Er beobachtet Fakten, also Einzelfälle, um aus ihnen allgemeine Gesetze abzuleiten. Studiert man Tausende von Raben, so gelangt man zu dem allgemeinen Gesetz »Alle Raben sind schwarz«. Weitere Beobachtungen können dieses Gesetz bestätigen. Aber die Induktion des Experimentators ist stets von der Widerlegung bedroht: Ein einziger weißer Rabe zerstört die Universalität des Gesetzes. Die Serie der Beobachtungen ist niemals abgeschlossen.

Im Gegensatz dazu muss man sich bei der mathematischen Induktion um irgendwelche Gegenbeispiele keine Sorgen machen. Sie deckt alle unendlich vielen Einzelfälle erschöpfend ab, weswegen sie häufig auch »vollständige Induktion« genannt wird. Dieser Schluss vom Speziellen auf das (unendliche) Allgemeine gelingt, wohlgemerkt, mit endlichen Mitteln.

Wegen dieser wünschenswerten Eigenschaften ist das Induktionsprinzip zu einem Eckpfeiler der Mathematik avanciert. Es ist nicht nur das Standard-Beweismittel für alles, was es über die natürlichen Zahlen zu sagen gibt; sogar die natürlichen Zahlen selbst werden auf induktivem Wege definiert.

Das Prinzip der vollständigen Induktion lässt sich folgendermaßen formulieren: Es soll eine gewisse Aussage A für alle natürlichen Zahlen bewiesen werden. Wenn
▶ a) die Aussage A für die Zahl 0 gilt und
▶ b) man aus der Gültigkeit der Aussage A für eine beliebige Zahl n ihre Gültigkeit für die nachfolgende Zahl $n+1$ schließen kann, dann gilt sie für alle natürlichen Zahlen.
(In diesem Kontext pflegt man die Null als natürliche Zahl anzusehen. Dass die Induktion bei 0 beginnt, ist allerdings nicht entscheidend. Wenn die Aussage A statt für die Null für die Zahl, sagen wir, 13 bewiesen wird und Teil b des Beweises weiterhin Bestand hat, folgt eben die Gültigkeit der Aussage für alle natürlichen Zahlen, die größer oder gleich 13 sind.)

Ein Induktionsbeweis besteht aus drei Teilen:
▶ dem **Induktionsanfang** (Teil a oben): Man zeige, dass das Kind die erste Treppenstufe erklettern kann;
▶ dem **Induktionsschritt** (Teil b oben): Man zeige, wie das Kind von einer beliebigen Treppenstufe auf die nächsthöhere kommt;
▶ und dem stets gleichen **Induktionsschluss**, der Bestätigung, dass aus den Teilen a und b die Gültigkeit der Aussage für alle natürlichen Zahlen folgt.

▲ Die unendliche Treppe der Induktion

Das Denken Pascals

Der junge Pascal auf einer Rötelzeichnung von Jean Domat

In seinem »Traité du triangle arithmétique« (»Abhandlung über das arithmetische Dreieck«) beweist Pascal einen Satz über die Zahlen seines Dreiecks, die wir heute Binomialkoeffizienten nennen: »In jedem arithmetischen Dreieck verhält sich von zwei benachbarten Zellen derselben Basis die obere zur unteren wie die Anzahl der Zellen von der oberen Zelle bis zum oberen Ende der Basis zur Anzahl der Zellen von der unteren bis zum unteren Ende der Basis, jeweils einschließlich.« In heutiger Formelsprache ausgedrückt:

$$\binom{n}{j+1} \Big/ \binom{n}{j} = (n+1-j)/j$$

Die drei Teile der vollständigen Induktion, die er zum Beweis verwendet, beschreibt er folgendermaßen:

»Obwohl dieser Satz unendlich viele Fälle einschließt, werde ich einen recht kurzen Beweis geben, der zwei Lemmata voraussetzt.

Das erste Lemma liegt von selbst auf der Hand. Die fragliche Aussage gilt für die zweite Basis, denn es ist deutlich, dass sich φ zu σ verhält wie 1 zu 1.

Das zweite Lemma: Trifft die Aussage für eine beliebige Basis zu, so auch für die nachfolgende. Also trifft sie notwendig für alle Basen zu; denn sie gilt für die zweite Basis nach Lemma 1, also nach dem zweiten Lemma auch für die dritte Basis, also für die vierte – und so weiter, bis ins Unendliche.

Also bleibt hierbei nur das zweite Lemma zu beweisen.«

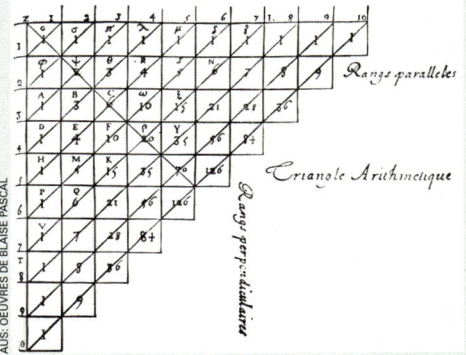

Die Urform des Pascal'schen Dreiecks. Dreht man die ganze Anordnung um 45 Grad im Uhrzeigersinn, so nimmt sie die uns vertraute Form an. Jede von links unten nach rechts oben verlaufende Zahlenreihe nennt Pascal eine »Basis«.

Der dritte Teil wird häufig nicht ausdrücklich erwähnt; zahlreiche Mathematiker verwenden die Bezeichnung »Induktionsschluss« für den zweiten Teil.

Ein Beispiel für einen Induktionsbeweis

Was ist die Summe der ersten n ungeraden natürlichen Zahlen? Probieren wir ein bisschen herum. Die erste ungerade natürliche Zahl ist 1. Weiter geht es mit der Summe der ersten zwei, drei, vier … ungeraden Zahlen:

$1 + 3 = 4,$
$1 + 3 + 5 = 9,$
$1 + 3 + 5 + 7 = 16,$
…

Die Vermutung liegt nahe, dass die Summe der ersten n ungeraden Zahlen genau n^2 ist:

$$1 + 3 + 5 + \ldots + (2n-1) = n^2$$

Diese Aussage, nennen wir sie $A(n)$, möchte man für alle n beweisen. Wenden wir die drei Teile des Induktionsbeweises an:

▶ **Induktionsanfang:** Es geht darum, die Gültigkeit der Formel für eine erste Zahl zu bestätigen. In unserem Fall ergibt sich für $n = 1$ auf beiden Seiten der Gleichung die Zahl 1. Also gilt $A(1)$. Nebenbei bemerkt haben wir mit unseren Probierrechnungen die Aussagen $A(2)$, $A(3)$ und $A(4)$ bewiesen.

▶ **Induktionsschritt:** Wir haben zu beweisen, dass unsere Aussage erblich ist, dass also für jedes n aus $A(n)$ die Aussage $A(n+1)$ folgt. Wir machen daher die so genannte Induktionsannahme: »Vorausgesetzt sei, dass $A(n)$ für ein gewisses n gelte«, und beweisen unter dieser Annahme die Gültigkeit von $A(n+1)$, das heißt der Gleichung

$$1 + 3 + 5 + \ldots + (2n-1) + (2n+1) = (n+1)^2.$$

Die linke Seite dieser (noch zu beweisenden) Gleichung besteht aus der Summe der ersten n ungeraden Zahlen, welche nach Induktionsannahme gleich n^2 ist, plus $(2n+1)$, der $(n+1)$-ten ungeraden Zahl. Unter Verwendung der Induktionsannahme erhält man also ▷

Philosophie der vollständigen Induktion

Henri Poincaré (1854–1912), einer der größten Mathematiker seiner Zeit, hat sich in seinem Buch »La Science et l'hypothèse« (»Wissenschaft und Hypothese«, Teubner, Leipzig 1906) ausführlich zum Induktionsprinzip geäußert. Hier einige Auszüge:

»**Die Haupteigenschaft der Argumentation durch Rekursion** (in heutiger Terminologie: des Induktionsverfahrens, Anm. der Red.) besteht darin, dass es, sozusagen in einer einzigen Formel zusammengedrängt, eine unendliche Anzahl von Syllogismen enthält. (Ein Syllogismus ist eine logische Schlussformel nach dem vielzitierten Muster: Alle Menschen sind sterblich. Sokrates ist ein Mensch. Also ist Sokrates sterblich.)

Um dies klarer zu machen, will ich die Syllogismen der Reihe nach aussprechen; sie folgen aufeinander – man gestatte mir das Bild – wie Kaskaden. Es sind, wohlgemerkt, hypothetische Syllogismen.

Der Lehrsatz gilt für die Zahl 1.
Ist er richtig für 1, so ist er auch richtig für 2.
Er gilt also für 2.
Ist er richtig für 2, so gilt er auch für 3.
Er gilt also auch für 3, und so weiter.

Man sieht, dass die Schlussfolgerung eines jeden Syllogismus dem folgenden als Unterlage dient. Mehr noch, die Folgesätze aller unserer Syllogismen können auf eine einzige Formel zurückgedrängt werden:
Wenn der Lehrsatz für $n-1$ gilt, so gilt er für n.

Henri Poincaré 1902 in seinem Arbeitszimmer

▷ für die linke Seite der Gleichung

$$1 + 3 + 5 + \ldots + (2n-1) + (2n+1) = n^2 + 2n + 1.$$

Aber nach der binomischen Formel ist $n^2 + 2n + 1 = (n+1)^2$, womit unsere Gleichung bewiesen ist.

▶ **Induktionsschluss:** Wir ziehen Bilanz. Durch vollständige Induktion haben wir bewiesen, dass die Summe der ersten n ungeraden Zahlen gleich n^2 ist.

Übrigens gibt es hierfür auch einen direkten Beweis, der keine Induktion verwendet. Der Leser ist eingeladen, ihn zu suchen. Es ist zweckmäßig, zuerst über einen Beweis für die Formel nachzudenken, welche die Summe der ersten n (geraden wie ungeraden) natürlichen Zahlen liefert.

Pascal, Peano und die anderen

Der Erste, der das Induktionsprinzip in aller Klarheit zu Papier gebracht hat, war Blaise Pascal (1623–1662). In seinem kurzen, wildbewegten Leben leistete er bedeutende Beiträge zu Philosophie, Theologie, Physik und Mathematik, darunter den »Traité du triangle arithmétique« von 1654. Das »arithmetische Dreieck«, von dem dieses Werk handelt, kennen wir heute als das Pascal'sche Dreieck, und Pascal verwendete die Induktion, um einige Eigenschaften der Einträge in diesem Dreieck (der Binomialkoeffizienten) zu beweisen (siehe Kasten S. 11).

Gleichwohl halten viele Wissenschaftshistoriker Pascal nicht für den Entdecker der vollständigen Induktion. Er selbst bezieht sich in seinen Schriften auf Francesco Maurolico (1494–1575). Aus dem ersten Buch von dessen »Arithmetik« kann man die Voraussetzungen für die Anwendung der vollständigen Induktion herauslesen; allerdings könnte es sein, dass der moderne Leser dabei die Ideen Maurolicos überinterpretiert. Andere Mathematikhistoriker datieren die Entdeckung der vollständigen Induktion noch früher, nämlich in die Zeit der arabischen und persischen Mathematiker im 11. Jahrhundert.

Induktionsbeweise, die heutigen Anforderungen an logische Strenge genügen, gibt es erst seit dem 19. Jahrhundert. Denn erst Giuseppe Peano (1858–1932) gab eine strenge axiomatische Konstruktion der natürlichen Zahlen an.

Das Unterfangen, mit endlich vielen Worten die Unendlichkeit der natürlichen Zahlen zu erfassen, kann nicht gelingen, indem man unendlich viele natürliche Zahlen einzeln definiert. Vielmehr muss man sich darauf beschränken, ein Rezept anzugeben, welches im Bedarfsfall jede natürliche Zahl, und sei sie noch so groß, zu definieren gestattet. Dieses Rezept besteht darin, zu einer natürlichen Zahl deren Nachfolger zu konstruieren: ein Induktionsprinzip.

Man sieht also, dass man sich bei der Argumentation durch Rekursion darauf beschränkt, die Unterlage des ersten Syllogismus und die allgemeine Formel darzulegen, welche alle Folgesätze als besondere Fälle enthält.

Diese Reihe von Syllogismen, welche niemals enden würde, wird so auf einen Satz von wenigen Zeilen reduziert.«

…

»**Ein Schachspieler kann vier Züge im Voraus berechnen**, vielleicht auch fünf, aber man mag ihm noch so Außerordentliches zutrauen, er wird sich immer nur eine endliche Anzahl zurechtlegen können; wenn er seine Fähigkeiten auf die Arithmetik anwendet, so wird er nicht im Stande sein, sich deren allgemeinen Wahrheiten mit einer einzigen direkten Anschauung zum Bewusstsein zu bringen; selbst für den unbedeutendsten Lehrsatz kann er nicht auf das Werkzeug der Rekursion verzichten, weil dies ein Werkzeug ist, welches uns gestattet, vom Endlichen zum Unendlichen fortzuschreiten.

Dieses Werkzeug ist immer nützlich, denn es erlaubt uns, mit einem Satze beliebig viele Stationen zu überspringen, und erspart uns dadurch lange, ermüdende und einförmige Verifikationen, die sich bald als undurchführbar erweisen würden.«

…

»**Das Prinzip, auf welchem die Argumentation durch Rekursion beruht**, kann in andere Formen gesetzt werden, zum Beispiel, dass es in einer unendlichen Menge von verschiedenen *(positiven)* ganzen Zahlen immer eine gibt, welche kleiner ist alle übrigen. Man kann leicht von einer Form zur anderen übergehen und sich so *(nämlich indem man die Existenz eines minimalen Elements in jeder Menge natürlicher Zahlen voraussetzt)* der Einbildung hingeben, man hätte die Legitimität der Argumentation durch Rekursion bewiesen. Aber man wird immer auf ein Hindernis stoßen, man wird immer zu einem unbeweisbaren Axiom gelangen, welches im Grunde nichts weiter ist als der zu beweisende Satz *(von der Legitimität des Induktionsprinzips)*, in eine andere Sprache übersetzt.

Man kann daher der Schlussfolgerung nicht entgehen, dass das Prinzip der Argumentation durch Rekursion nicht auf das Prinzip vom Widerspruch *(das heißt die elementare Logik)* zurückführbar ist … Dieses Gesetz, welches dem analytischen Beweise ebenso unzugänglich ist wie der Erfahrung, ist ein eigentliches Beispiel für ein synthetisches Urteil *a priori*. Man kann andererseits darin nicht bloßes Übereinkommen sehen wollen, wie bei einigen Postulaten der Geometrie.

Warum drängt sich uns dieses Urteil mit so unwiderstehlicher Gewalt auf? Das kommt daher, weil es nur die Erfahrung des Geistes bestätigt, welcher sich fähig weiß, sich die unendliche Wiederholung eines und desselben Schrittes vorzustellen, wenn er diesen Schritt einmal als möglich erkannt hat. Der Verstand hat von dieser Fähigkeit eine direkte Anschauung, und die Erfahrung kann für ihn nur eine Gelegenheit sein, sich dieser Fähigkeit zu bedienen und dadurch ihrer bewusst zu werden.«

Nach der modernen, von Peano inspirierten Auffassung ist alles, was man über die natürlichen Zahlen sagen kann, aus dem Induktionsprinzip herzuleiten. Dieses Prinzip selbst folgt allerdings nicht aus elementaren Axiomen der Logik; man muss es als ein eigenes Axiom postulieren. In einer modernen Formulierung lautet das Induktionsaxiom: Enthält eine Teilmenge P von $\mathbb{N}$ (der Menge der natürlichen Zahlen) die Zahl 0 und mit jeder natürlichen Zahl deren Nachfolger, so ist P gleich $\mathbb{N}$.

Während die formalen Logiker es für nötig halten, dieses Axiom ausdrücklich einzuführen, sieht der Praktiker keinen Anlass, an seiner Wahrheit zu zweifeln. Dass ein Rezept, von dessen Funktionieren man sich überzeugt hat, unbegrenzt oft anwendbar ist, scheint keiner Begründung zu bedürfen, wie Henri Poincaré mit starken Worten darlegte (siehe Kasten oben).

Stärken und Schwächen der Induktion

Die große Stärke der Induktion liegt darin, dass man auf systematische Weise – mit den drei oben beschriebenen Teilschritten – Aussagen für (abzählbar) unendlich viele Objekte (Zahlen) beweisen kann. Einige Schwachpunkte sollen dabei nicht verschwiegen werden.

Im Beispiel oben haben wir zunächst einige Zahlen ausprobiert, daraufhin eine allgemeine Formel geraten und erst dann diese Formel mit vollständiger Induktion bewiesen. Das Erraten kann uns die Induktion nicht abnehmen, und es ist nicht immer so einfach wie im Falle der Summe der ersten ungeraden Zahlen.

Nehmen wir ein weniger elementares Beispiel: Was ist die Summe der ersten n Kuben?

$$S_n = 1^3 + 2^3 + 3^3 + \ldots + n^3 ?$$

Für die ersten Werte von n findet man:

$$S_1 = 1, S_2 = 9, S_3 = 36, S_4 = 100, S_5 = 225$$

Könnten Sie mit Hilfe dieser Ergebnisse eine allgemeine Formel erraten? Die Antwort liegt nicht gerade auf der Hand. Mit etwas Erfahrung, Beobachtungsgabe und Fantasie, vielleicht auch noch ein paar mehr Probierrechnungen kommt man auf die Vermutung $S_n = n^2(n+1)^2/4$. Einmal gefunden, ist sie nicht allzu schwer mit Induktion zu beweisen. Was aber, wenn man sie nicht findet?

Der Versuch scheitert bereits, wenn man eine Formel für die Summe der ersten Potenzen nicht für einen konkreten Exponenten, sondern in voller Allgemeinheit sucht: Für eine Summe der Form $1^p + 2^p + 3^p + \ldots + n^p$ hilft kein Ausprobieren, dessen Ergebnis man durch Induktion bestätigen könnte. Hier muss man einen völlig neuen Zugang suchen.

Dies ist die größte Schwäche der Induktion. Sie ist kein Entdeckungsmittel (siehe jedoch den Beitrag »Rekursive Verfahren« auf S. 16). Gleichwohl bleibt sie eine der stärksten Waffen im Arsenal der Mathematik. ◁

INDUKTION

Die rückwärts gerichtete Induktion

In gewissen Situationen bietet eine Variante der vollständigen Induktion Problemlösungen von überraschender Eleganz.

Der Straßenspringfrosch *Rana velox retrosaliens* ist in besonderer Weise an das Leben auf dem Asphalt angepasst: Er verfügt über einen Rückwärtsgang.

Das Prinzip der rückwärts gerichteten Induktion ist einfach zu formulieren: Es sei $A(n)$ eine Aussage, die für alle natürlichen Zahlen definiert ist. Wenn
▶ $A(n)$ für unendlich viele natürliche Zahlen gilt und
▶ aus der Gültigkeit von $A(n)$ die Gültigkeit von $A(n-1)$, das heißt derselben Aussage für die Vorgängerzahl, folgt,
dann gilt $A(n)$ für alle natürlichen Zahlen.

Dieses Prinzip beweist man – mit vollständiger Induktion, wie sonst? Der Leser ist herzlich eingeladen, sich an diesem Problem zu versuchen. Aber wie kann man sich die Idee veranschaulichen?

Stellen wir uns eine Straße von unendlicher Länge vor und einen auf ganz besondere Weise verzauberten Frosch mit Rückwärtsgang: Er kann große Sprünge mit einer Weite von zehn Metern nach vorne machen sowie kleinere Ein-Meter-Hüpfer nach hinten.

Dann ist unser Frosch in der Lage, jede beliebige – in ganzen Metern anzugebende – Entfernung zurückzulegen. Wenn er zum Beispiel am Punkt 0 sitzt und den Punkt 156 erreichen soll, springt er mit 16 Sprüngen etwas zu weit, bis zum Punkt 160, und parkt dann rückwärts mit vier kleinen Hüpfern auf den richtigen Punkt ein. Offensichtlich funktioniert diese Vorwärts-Rückwärts-Strategie für jeden Punkt mit einer natürlichzahligen Nummer n.

Das Froschprinzip – oder, mit dem offiziellen Namen, die rückwärts gerichtete Induktion – können wir zum Beweis eines wichtigen Satzes verwenden, der arithmetisch-geometrischen Ungleichung. Sie besagt, dass das geometrische Mittel von n positiven reellen Zahlen stets kleiner ist als ihr arithmetisches Mittel. Dabei ist das arithmetische Mittel der »Durchschnitt« der n Zahlen, nämlich ihre Summe geteilt durch n; das geometrische Mittel ist eine andere Art von Mittelwert, nämlich die n-te Wurzel aus ihrem Produkt. Nimmt man beide Seiten der Ungleichung hoch n, so nimmt unsere Behauptung folgende Form an:

$$a_1 a_2 \ldots a_n \leq \left(\frac{a_1 + a_2 + \ldots + a_n}{n}\right)^n$$

Für den Beweis folgen wir Augustin Louis Cauchy (1789–1857), dem großen Meister der klassischen Analysis. Die Behauptung ist richtig für zwei positive reelle Zahlen, denn in der Tat gilt

$$a_1 a_2 = \left(\frac{a_1 + a_2}{2}\right)^2 - \left(\frac{a_1 - a_2}{2}\right)^2 \leq \left(\frac{a_1 + a_2}{2}\right)^2$$

Sie ist auch wahr für vier reelle Zahlen. Das zeigt man, indem man das vorangegangene Resultat zweimal verwendet:

$$a_1 a_2 a_3 a_4 \leq \left(\frac{a_1 + a_2}{2}\right)^2 \left(\frac{a_3 + a_4}{2}\right)^2$$
$$\leq \left(\frac{a_1 + a_2 + a_3 + a_4}{4}\right)^2$$

Durch m-fache Anwendung des Argumentes erhält man die Aussage

$$a_1 a_2 a_3 \ldots a_{2^m} \leq \left(\frac{a_1 + a_2 + a_3 + \ldots + a_{2^m}}{2^m}\right)^{2^m}.$$

Die arithmetisch-geometrische Ungleichung ist also bewiesen für 2^m beliebige reelle positive Zahlen bei beliebigem m. (Streng genommen muss man auch das durch Induktion über m beweisen, was wir hier nur angedeutet haben.)

Damit ist der erste Teil des rückwärtigen Induktionsbeweises erledigt: Wir haben unendlich viele Zahlen n angegeben, nämlich alle Zahlen der Form 2^m, für die der Satz gilt.

Es bleibt der zweite Teil zu zeigen, das Rückwärtshüpfen: Wenn die arithmetisch-geometrische Ungleichung für n positive reelle Zahlen erfüllt ist, dann gilt das auch für $n-1$ positive reelle Zahlen; nennen wir sie der Reihe nach $b_1, b_2, \ldots, b_{n-1}$.

Dazu legen wir uns eine n-te Zahl zurecht, die uns am Ende das gewünschte Resultat liefert. Wie sich herausstellt, ist es das arithmetische Mittel der $n-1$ Zahlen:

$$U = \frac{b_1 + b_2 + \ldots + b_{n-1}}{n - 1}$$

Nach Voraussetzung ist die arithmetisch-geometrische Ungleichung für die n reellen Zahlen $b_1, b_2, \ldots, b, U$ gültig. Also gilt

$$b_1 b_2 \ldots b_n U \leq \left(\frac{b_1 + b_2 + \ldots + b_{n-1} + U}{n}\right)^n = U$$

Da alle Zahlen positiv sind, kann U nicht null sein. Also darf man durch U teilen und erhält das gewünschte Resultat für $n-1$ Zahlen:

$$b_1 b_2 \ldots b_{n-1} \leq U^{n-1},$$

was zu beweisen war. ◁

Der unendliche Abstieg

Pierre de Fermat, der Begründer der modernen Zahlentheorie, erfand vor 300 Jahren eine Methode, um unendlich viele Aussagen auf einmal zu widerlegen.

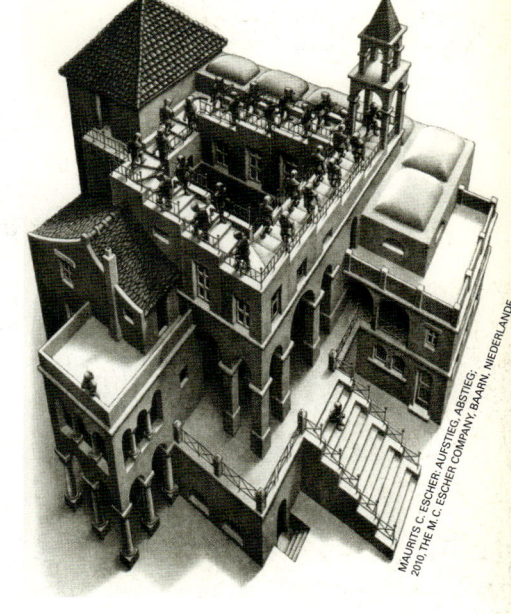

Von Daniel Barthe

Der oben stehenden Lithografie »Treppauf und treppab« (1960) von Maurits C. Escher (1898–1972) liegt eine optische Illusion zu Grunde. Entdeckt haben sie 1958 der englische Genetiker Lionel Penrose und sein Sohn, der inzwischen berühmte Mathematiker Roger Penrose.

Die im Karree wandelnden Mönche können ihre Treppe beliebig oft absteigen, und alles sieht genauso aus wie zuvor. In der Realität hat man dieses Erlebnis vielleicht in einem großen, schmucklosen Treppenhaus – aber nur endlich oft. Irgendwann landet man auf dem Fundament des Gebäudes.

Mit den natürlichen Zahlen verhält es sich ähnlich. Sie haben ein Fundament, sprich eine kleinste Zahl, nämlich die Null. (Oder die Eins; bei welcher Zahl man die natürlichen Zahlen beginnen lässt, ist Vereinbarungssache.) Das gilt nicht nur für die Menge ℕ der natürlichen Zahlen selbst, sondern für jede ihrer Teilmengen: Jede (nicht leere) Teilmenge von ℕ hat ein kleinstes Element.

Wenn man also in der Menge ℕ der natürlichen Zahlen oder einer Teilmenge beliebig oft absteigen kann, ohne je an ein Ende zu kommen, dann muss man einer Illusion zum Opfer gefallen sein! Das ist die Idee hinter Fermats Verfahren vom unendlichen Abstieg.

Fermats Treppe

Nehmen wir an, wir wollen beweisen, dass eine gewisse Aussage $A(n)$ für alle natürlichen Zahlen n falsch ist. Wir nehmen das Gegenteil an und versuchen diese Annahme zum Widerspruch zu führen. Unsere Annahme lautet, es gebe (mindestens) eine Zahl n, für die $A(n)$ zutrifft, oder, etwas komplizierter ausgedrückt, die Menge M aller Zahlen n, für die $A(n)$ zutrifft, sei nicht leer. Dann hat M ein kleinstes Element (siehe oben).

Wir versuchen nun, eine Behauptung der folgenden Art zu beweisen: Wenn die Aussage $A(n)$ für eine gegebene Zahl n zutrifft, dann trifft sie auch für eine echt kleinere Zahl (zum Beispiel $n-1$) zu. Gelingt uns das, dann ist unser Widerspruchsbeweis vollendet.

Denn: Bezeichnen wir das kleinste Element von M mit a. Dann trifft $A(a)$ zu, aber nach unserer Behauptung trifft auch $A(b)$ zu für ein $b < a$. Also gehört b zu M, also ist a nicht das kleinste Element von M: Widerspruch.

Ein Beispiel: Wir zeigen mit Hilfe der Methode des unendlichen Abstiegs, dass $\sqrt{2}$ keine rationale Zahl ist. Genauer behaupten wir: Es gibt keine natürlichen Zahlen m und n mit der Eigenschaft, dass $m/n = \sqrt{2}$ wäre.

Nehmen wir also an, es gebe m und n mit dieser Eigenschaft. Da $\sqrt{2}$ zwischen 1 und 2 liegt, folgt aus $\sqrt{2} = m/n$ die Beziehung $0 < n < m < 2n$. Wegen $(\sqrt{2}+1)(\sqrt{2}-1) = 1$ kann man schreiben:

$$\left(\frac{m}{n} + 1\right)\left(\frac{m}{n} - 1\right) = 1 ,$$

also

$$\frac{m}{n} + 1 = \frac{n}{m-n} \quad \text{und damit} \quad \frac{m}{n} = \frac{2n-m}{m-n}.$$

Aus den Ungleichungen $0 < n < m < 2n$ folgt, dass $2n - m < m$ und $m - n < n$ ist. Somit haben wir Zähler und Nenner unseres Ausgangsbruches um mindestens eine Einheit verkleinert: Wenn $\sqrt{2}$ gleich dem Bruch m/n wäre, dann wäre es auch gleich einem Bruch mit kleinerem Zähler und Nenner. Der unendliche Abstieg hat begonnen, $\sqrt{2}$ ist keine rationale Zahl. ◁

Pierre de Fermat (1601–1665), im Hauptberuf Jurist, trieb Mathematik »am Rande«, nämlich in Form von Randnotizen in Büchern. Eine dieser Bemerkungen blieb 350 Jahre lang unbewiesen und wurde als »Fermats letzter Satz« weltberühmt; eine andere bezieht sich auf den unendlichen Abstieg in den natürlichen Zahlen, dessen Unmöglichkeit Maurits C. Escher illustriert hat (oben).

Rekursive Verfahren: praktizierte Induktion

Manchmal ist ein Problem tatsächlich schon dann gelöst, wenn man ansagen kann, wie man von *n* nach *n*+1 kommt: Die Induktion ist nicht gänzlich fantasielos.

Von Hervé Lehning

Die Induktion (vergleiche den Beitrag »Induktion« auf S. 10) ist ohne Zweifel ein äußerst wirkungsvolles Hilfsmittel. Mit ihr kann man mitunter in drei Zeilen Beweise führen, die auf anderem Wege einen weit höheren Aufwand erfordert hätten. Zudem befriedigt sie das ästhetische Empfinden des Logikers, der es schätzt, wenn alle Gedankenschritte auf wenige Axiome zurückführbar sind.

Beim Praktiker bleibt jedoch manchmal ein schaler Nachgeschmack. In seinem Bewusstsein besteht die eigentliche kreative Arbeit im Aufstellen der Formel, und der Induktionsbeweis ist nichts weiter als eine Art amtliche Bestätigung der Korrektheit – wichtig und notwendig, aber keine nennenswerte geistige Leistung.

Das hieße nun wieder das Induktionsprinzip zu unterschätzen. Es gibt Fälle, in denen es tatsächlich genügt anzusagen, wie man von *n* nach *n*+1 kommt, und damit ist die ganze Arbeit erledigt! Im Prinzip. Die Ausführung im Detail überträgt man zweckmäßig einem Computer. Die Rede ist von rekursiven Unterprogrammen.

Sortieren durch Einfügen

Wir alle verfahren nach diesem Prinzip, wenn wir ein Kartenspiel sortieren. Stellen Sie sich vor, Sie wissen, wie man vier Karten in die richtige Reihenfolge bringt: links die höchste Karte und dann absteigend bis zur niedrigsten. Das Ass ist die höchste Karte, es folgen König, Dame, Bube, 10, 9, ..., 3, 2. Wenn man Ihnen nun eine fünfte Karte gibt, was machen Sie dann? Sie fügen sie in das bereits sortierte Spiel ein. Hierzu genügt es, die neue Karte von links nach rechts mit jeder der bereits sortierten Karten zu vergleichen und sie einzufügen, sowie sie höherwertig ist als die Vergleichskarte. In dem Beispiel links unten ist die neue Karte, die Pik Zehn, nach der zweiten einzufügen.

Natürlich ist die Anzahl 4 willkürlich. Wir können auf dieselbe Weise in ein Spiel beliebiger Größe eine neue Karte einfügen. Also haben wir, getreu dem Induktionsprinzip, die Aufgabe, *n*+1 Karten zu sortieren, auf die Aufgabe, *n* Karten zu sortieren, zurückgeführt.

Um das deutlich zu machen, schreiben wir dieses Verfahren so, wie man ein Unterprogramm für einen Computer schreiben würde. Unser Programm Sort soll ein Kartenspiel entgegennehmen und es sortiert zurückgeben. Was weiter mit dem Kartenspiel geschieht, bestimmt das übergeordnete Programm, welches das Programm Sort aufgerufen hat.

Sort(T):
Wenn die Anzahl *n* der Karten gleich 1 ist, gib T unverändert zurück (denn es gibt nichts zu sortieren);
ansonsten nimm das letzte Element x von T weg; dadurch entsteht das Spiel T'; gib Einfüge(x,Sort(T')) zurück.

(Computerexperten erkennen in dieser Schreibweise die »If-then-else«-Konstruktion klassischer Programmiersprachen wieder.)
Einfüge(x,U) ist ein weiteres Unterprogramm, das eine Karte x und ein bereits sortiertes Spiel *U* entgegennimmt und das Spiel *U* mit der an der richtigen Stelle eingefügten Karte *x* zurückgibt. Die kurze Anweisung »gib Einfüge(x,Sort(T')) zurück« bedeutet also: Das Unterprogramm Sort ruft das Unterprogramm Sort (jawohl, sich selbst) auf, indem es ihm das Spiel *T'* übergibt. Das Ergebnis reicht es mit der Karte *x* an das Programm Einfüge weiter, und dessen Ergebnis gibt es an das aufrufende Programm zurück.

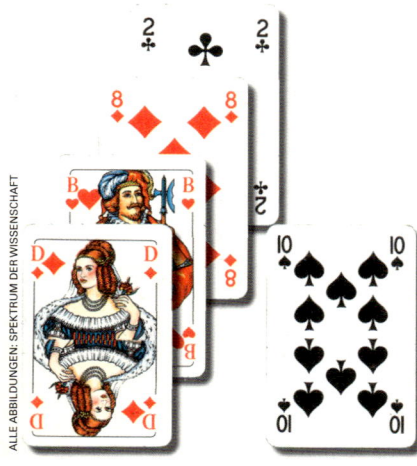

▼ **Das langsame Verfahren:** Einfügen einer Karte nach der anderen

Wie kann man sich davon überzeugen, dass dieser Algorithmus funktioniert, unabhängig davon, welches Kartenspiel am Anfang gegeben ist? Mit Induktion! Offensichtlich erhält man das richtige Ergebnis, wenn das Spiel T aus einer einzigen Karte besteht. Das war der Induktionsanfang.

Nun der Induktionsschritt: Wir nehmen an, der Algorithmus liefere für jedes Spiel mit höchstens n Karten das richtige Ergebnis, und geben uns ein Spiel mit $n+1$ Karten vor. Führen wir den Algorithmus durch. Dieser verlangt von uns, T' zu sortieren, was nach der Induktionsannahme korrekt durchführbar ist, da T' nur n Karten enthält. Wird nun richtig eingefügt, so liefert Sort(T) das richtige Ergebnis für ein Spiel mit $n+1$ Karten. Mit dem Induktionsschluss folgt, dass Sort(T) für jedes Spiel das korrekte Resultat liefert.

Teile und herrsche

Ein wesentlich geschickteres Sortierverfahren lässt sich ebenfalls über ein rekursives Unterprogramm beschreiben. Wir zerlegen den zu sortierenden Stapel in zwei Teile der jeweils halben Größe, sortieren die Teilstapel und fügen die Karten beider Stapel so hintereinander, dass die Sortierung erhalten bleibt.

Die Methode lässt sich auch in anderen Situationen anwenden (Kasten rechts). Sie ist im angelsächsischen Sprachraum als »divide and conquer« bekannt, im Deutschen als »teile und herrsche«.

Nehmen wir ein Beispiel: Wir wollen acht Spielkarten ordnen. Dabei gilt wieder die obige Rangfolge: Ass, König, Dame, Bube, 10, ... Unter gleichrangigen Karten ist die Reihenfolge Kreuz, Pik, Herz, Karo. Wir zerlegen nun unser Spiel in zwei Spiele zu je vier Karten und lassen diese neuen Spiele von zwei Freunden sortieren. Angenommen, wir erhalten von ihnen die beiden rechts unten abgebildeten sortierten Spiele zurück.

Damit ist Ihre Arbeit wesentlich einfacher geworden. Es genügt nun, von den zuoberst liegenden Karten beider Stapel die höhere zu nehmen, und das immer wieder. Im Beispiel greift man zuerst das Herz-Ass von links, dann den Pik-König von rechts und so weiter. Jeder Akt erfordert nur den Vergleich zweier Karten, und nach acht (genau genommen nur sieben) Vergleichen sind die beiden Spiele vereinigt zu einem einzigen sortierten Spiel.

In unserem Verfahren steckt noch eine ungeklärte Annahme: Die beiden Freunde haben uns die Spiele sortiert zurückgegeben, aber sie haben uns nicht verraten, was sie gemacht haben. Das ist aber einfach: Sie machen beide genau dasselbe wie wir – jeweils mit zwei anderen Freunden. Diese finden je zwei Karten in ihrer Hand, und die zu sortieren ist nun wirklich einfach: Entweder haben die beiden Karten die richtige Ordnung, oder man muss sie vertauschen.

Auch hinter dieser Methode steckt das Induktionsprinzip. Um uns hiervon zu überzeugen, schreiben wir sie wieder als Computergrogramm:

Sort(T):
- **Wenn** die Anzahl der Karten n gleich 1 ist, gib T unverändert zurück (denn es gibt nichts zu sortieren);
- **ansonsten** teile das Spiel in zwei möglichst gleich große Spiele T1 und T2 (das heißt, beide enthalten $n/2$ Karten, falls n gerade ist; für ungerades n enthält das eine Teilspiel eine Karte mehr als das andere); gib Vereinige(Sort2(T1),Sort2(T2)) zurück.

Dabei ist Vereinige ein Programm, das nach der oben beschriebenen Methode zwei sortierte Spiele zu einem sortierten Spiel ▷

Pythagoras durch Induktion

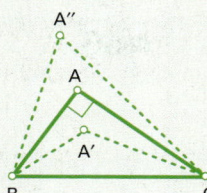

Jedermann kennt den Satz des Pythagoras: In einem rechtwinkligen Dreieck ist das Hypotenusenquadrat gleich der Summe der beiden Kathetenquadrate. Mit den Bezeichnungen der Figur: $BC^2 = AB^2 + AC^2$. Ist der Winkel bei A'' kleiner als $\pi/2$, so gilt $BC^2 \leq AB^2 + AC^2$. Andererseits: Liegt A' im Innern des Dreiecks, so ist $BC^2 \leq A'B^2 + A'C^2$.

Dieses Resultat lässt sich mit Hilfe des Prinzips »teile und herrsche« auf eine endliche Zahl von Punkten verallgemeinern. Man zerlegt das Dreieck in zwei Teildreiecke, indem man die Höhe, die vom Scheitel des rechten Winkels ausgeht, einzeichnet. Dann erhält man zwei rechtwinklige Dreiecke.

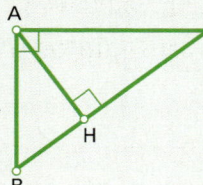

Der Satz des Pythagoras lautet in diesen Dreiecken: $AB^2 = AH^2 + BH^2$ und $AC^2 = AH^2 + HC^2$. Wenden wir unser letztes Resultat auf die beiden Teildreiecke an:

Ist A' ein Punkt im Inneren des Dreiecks ABH und A'' ein innerer Punkt von AHC, so gilt
$$A'B^2 + A'A^2 \leq AB^2 \text{ und } A''A^2 + A''C^2 \leq AC^2.$$
Nach Addition und Anwendung von $BC^2 = AB^2 + AC^2$ erhält man
$$A'B^2 + A'A^2 + A''A^2 + A''C^2 \leq BC^2.$$
Im Dreieck $AA'A''$ gilt $A'A^2 + A''A^2 \geq A'A''^2$, woraus sich die Ungleichung
$$BA'^2 + A'A''^2 + A''C^2 \leq BC^2$$
ergibt.

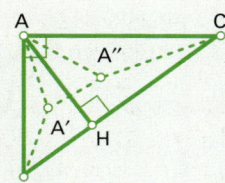

Die Methode lässt sich erneut anwenden, indem man alle Dreiecke wiederum in zwei Teildreiecke zerlegt. Wir dürfen folgenden Satz vermuten:

Es seien $A_1, A_2, \ldots A_n$ n Punkte im Inneren des rechtwinkligen Dreiecks ABC mit dem rechten Winkel bei A. Dann gilt nach geeigneter Umnummerierung: $A_0 A_1^2 + A_1 A_2^2 + \ldots + A_n A_{n+1}^2 \leq BC^2$, wobei $A_0 = B$ und $A_{n+1} = C$ sein soll. Zu beweisen ist dieses Resultat mit vollständiger Induktion.

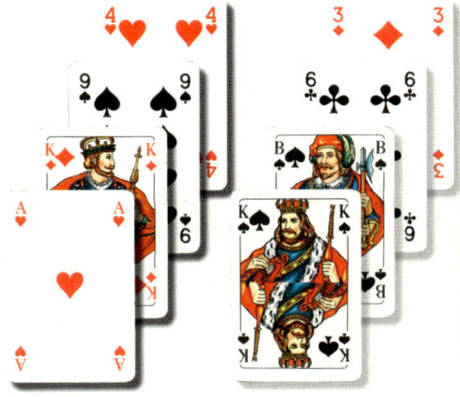

▼ Das schnelle Verfahren (»teile und herrsche«): Vereinigen zweier Halbstapel

REKURSIVE VERFAHREN

zusammenführt (der englische Fachausdruck ist *merge*).

Wie kann man sich davon überzeugen, dass dieser Algorithmus für jedes anfänglich vorgegebene Kartenspiel funktioniert?

▶ **Induktionsanfang:** Offensichtlich funktioniert der Algorithmus, wenn das Spiel T nur aus einer Karte besteht.

▶ **Induktionsschritt:** Nehmen wir nun an, er funktioniert korrekt für alle Spiele mit höchstens $n-1$ Karten, und geben wir uns ein Spiel mit n Karten vor. (Von $n-1$ auf n zu schließen ist dasselbe wie von n auf $n+1$; der Unterschied besteht nur in einer belanglosen Änderung der Bezeichnung.)

Führen wir den Algorithmus durch. Dieser verlangt, dass wir das Spiel in zwei Teile aufteilen. Die beiden Spiele T1 und T2, die man so erhält, enthalten je $n/2$ Karten, wenn n gerade ist, oder anderenfalls $(n+1)/2$ und $(n-1)/2$ Karten. In jedem Fall sind beide Zahlen kleiner als n, falls $n \geq 2$ ist. Also sind nach Induktionsannahme die Resultate von `Sort2(T1)` und `Sort2(T2)` korrekt. Da die Zusammenführung der beiden Spiele ebenfalls korrekt verläuft, ist das Ergebnis von `Sort2(T)` korrekt für ein Spiel T mit n Karten.

▶ **Induktionsschluss:** Mit vollständiger Induktion haben wir gezeigt, dass das Resultat von `Sort2(T)` für jedes Spiel T korrekt ist.

Für unseren Beispielmenschen, der den wesentlichen Teil der Arbeit an seine zwei Freunde abdrückt, ergibt sich natürlich eine große Zeitersparnis. Was aber, wenn er und seine Freunde alle dieselbe Person – oder derselbe Computer – sind? Indem wir die für die beiden beschriebenen Sortieralgorithmen benötigten Rechenzeiten miteinander vergleichen, werden wir sehen, dass das zweite Verfahren weitaus besser ist.

Einfügen ist langsam

Wie viel Zeit – genauer: wie viele Einzelaktionen – braucht man, um n Karten mit dem Einfügeverfahren in die richtige Reihenfolge zu bringen? Das kommt darauf an. Vielleicht finden wir bereits nach einem oder zwei Versuchen die richtige Stelle für die neu einzusortierende Karte. Aber rechnen wir lieber mit dem schlimmsten Fall und nennen die – noch unbekannte – Zeit, die wir zum Ordnen von n Karten höchstens benötigen, $t(n)$.

Um $n+1$ Karten zu sortieren, brauchen wir einerseits die Zeit $t(n)$ plus die Zeit für das Einfügen der $(n+1)$-ten Karte. Dafür muss die neue Karte so lange mit den Karten des bereits sortierten Spiels verglichen werden, bis ihr Platz gefunden ist. Im ungünstigsten Fall braucht das n Vergleiche. Beträgt die Zeit für einen Vergleich c, so erhalten wir die Beziehung

$$t(n+1) = t(n) + nc.$$

Diese Formel lässt uns aus dem Wert für n den Wert für $n+1$ erschließen und ist damit wie geschaffen für einen Induktionsbeweis. Der Induktionsanfang ist einfach: Es ist natürlich $t(1) = 0$. Der Induktionsschritt verläuft nach demselben Muster wie in dem Beweis der Formel

$$1 + 2 + 3 + \ldots + n = n(n+1)/2,$$

nur muss man mit der Nummerierung ein bisschen aufpassen. Das Ergebnis ist

$$t(n) = cn(n-1)/2 = c(n^2 - n)/2.$$

Für große Werte von n kommt es auf das n neben dem n^2 nicht mehr besonders an. Die wesentliche Aussage ist: Sortieren mit Einfügen kostet eine Zeit proportional zu n^2, wobei n die Anzahl der zu sortierenden Gegenstände ist. Das gilt für alle naiven Sortierverfahren.

Teilen und Herrschen ist schnell

Führen wir die entsprechende Berechnung für das Sortieren nach der zweiten Methode durch. Zwei halbe sortierte Spiele zu einem ganzen der Größe n zu vereinigen erfordert n Vergleiche, also gilt

$$t(n) = 2t(n/2) + nc.$$

Wenn jetzt n eine Zweierpotenz ist, dann ist die Sache einfach. Wir setzen $n = 2^p$ und $u_p = t(2^p)/2^p$; dadurch nimmt die obige Relation die Form $u_p = u_{p-1} + c$ an, woraus – mit Induktion! – $u_p = pc$ folgt. Einsetzen ergibt $t(2^p) = 2^p pc$ oder $t(n) = nc \log_2 n$, denn p ist der Logarithmus von n zur Basis 2.

Anders ausgedrückt: Das gesamte Spiel aus n Karten wird in p Halbierungsschritten in Teilspiele bis hinunter zu Einzelkarten zerlegt. Die Teilspiele werden in ebenfalls p Schritten wieder zu Teilspielen der jeweils doppelten Größe vereinigt. Dabei fallen in jedem Schritt – verteilt auf alle jeweils vorhandenen Teilspiele – n Vergleichsakte an. Also beträgt der gesamte Arbeitsaufwand $t(n) = ncp = nc \log_2 n$.

Wenn n nicht genau eine Zweierpotenz ist, ändert sich an der Argumentation nicht viel. Nur $\log_2 n$, was in diesem Fall eine krumme Zahl ist, muss auf die nächstgrößere ganze Zahl aufgerundet werden. Die entscheidende Aussage bleibt erhalten: Die Rechenzeit ist proportional zu $n \log_2 n$, was geringfügig größer ist als n, aber viel kleiner als n^2. Der Zeitgewinn gegenüber der naiven Methode ist beachtlich. ◁

Leonhard Eulers unendliche Summen

Unendlich viele Terme zu addieren, ist oft ein gefährliches Unterfangen. In den Händen eines genialen Zauberkünstlers aber erzeugen gewagte Manipulationen serienweise Wunder.

Von Daniel Barthe

Wir gehen oft mit unendlichen Summen um, ohne es zu merken. Wer denkt schon daran, dass hinter der Dezimalbruchentwicklung von 10/3,

$$\frac{10}{3} = 3,3333333333333333333\ldots,$$

eine »unendliche Summe« (oder »Reihe«) steckt? Streng nach der Definition einer Dezimalzahl ist

$$3,33333333\ldots$$
$$= 3 + 0,3 + 0,03 + 0,003 + \ldots$$
$$= 3 + \frac{3}{10} + \frac{3}{10^2} + \frac{3}{10^3} + \frac{3}{10^4} + \ldots$$

Welchen Sinn sollen wir einer solchen Summe oder allgemein der unendlichen Summe

$$S = 1 + q + q^2 + q^3 + q^4 + q^5 + \ldots$$

geben? Wir klammern einen Faktor q aus:

$$S = 1 + q(1 + q + q^2 + q^3 + q^4 + q^5 + \ldots)$$

und finden in der Klammer den ursprünglichen Ausdruck unserer unendlichen Summe wieder. Also ist $S = 1 + qS$ oder $S(1-q) = 1$. Insgesamt ergibt sich

$$S = \sum_{k=0}^{\infty} q^k = \frac{1}{1-q}. \qquad (*)$$

Stimmt das immer? Nehmen wir $q = 2$, so erhalten wir die folgende »Formel«:

$$-1 = 1 + 2 + 4 + 8 + 16 + 32 + 64 + \ldots$$

Links steht eine negative Zahl, rechts eine sehr große positive Zahl. Das ist offensichtlich Unfug. Ist unser Gedankengang unbrauchbar?

Reihen oder unendliche Summen

Machen wir ein Gedankenexperiment. Nehmen wir einen Stab von 2 Meter Länge und zersägen ihn in seiner Mitte. Wir erhalten zwei Teile der Länge 1 Meter. Zerschneiden wir einen dieser Teile wieder in der Mitte. Dann haben wir drei Teile der Länge 1, 1/2 und 1/2. Fahren wir in derselben Weise fort: In jedem Schritt schneiden wir einen der beiden kleinsten Teile in der Mitte durch, und so weiter bis ins Unendliche. Wir erhalten unendlich viele Stücke mit den Längen 1, 1/2, 1/4, 1/8, …, $1/2^n$, …

Indem wir die Stücke aneinander fügen, stellen wir den Stab wieder her. Folglich muss die Summe aller »Partiallängen« gleich 2 sein:

$$2 = 1 + \frac{1}{2} + \frac{1}{4} + \ldots + \frac{1}{2^n} + \ldots$$

Wir finden also unsere Formel (*) mit $q = 1/2$ wieder. Nehmen wir $q = 1/10$, so wird S gleich 10/9; $3S$ ist die Dezimalbruchentwicklung von 10/3 und stimmt mit … 10/3 überein.

Nicht alle unendlichen Summen sind also Monster voller Widersprüche, im Gegenteil: ▷

Leonhard Euler (1707–1783) gilt als der produktivste Mathematiker aller Zeiten. An den Akademien der Wissenschaft zu St. Petersburg, Berlin und nochmals St. Petersburg führte er die Analysis, deren Grundlagen Newton und Leibniz wenige Jahrzehnte zuvor geschaffen hatten, zu einer beispiellosen Blüte.

Die divergenten Reihen sind allesamt eine Erfindung des Teufels … Mit Ausnahme der allereinfachsten Fälle, beispielsweise der geometrischen Reihen, gibt es in der gesamten Mathematik kaum eine unendliche Reihe, deren Summe streng bestimmt ist. **Niels H. Abel, 1826**

UNENDLICHE REIHEN

▷ Diejenigen, die mit einem »Zeugnis guter Führung« ausgestattet sind, wurden sogar zu mächtigen Werkzeugen der Analysis.

Allgemein nennt man jede unendliche Summe der Form

$$a_0 + a_1 + a_2 + \ldots = \sum_{k=0}^{\infty} a_k$$

eine Reihe. Dabei können die a_k die verschiedensten Objekte sein, solange man sie nur addieren kann. Im Folgenden werden wir allerdings ausschließlich reelle Zahlen betrachten, in der Regel sogar positive. Für $a_k = q^k$ erhalten wir wieder unsere unendliche Summe von oben, die so genannte geometrische Reihe.

Das große Summenzeichen $\sum$ ist eine Art Maschine: Man steckt unendlich viele a_k hinein, und heraus kommt ihre Summe – aber nur, wenn man die »Betriebsanleitung« der Maschine beachtet. Dort steht: Die Maschine ist nur zu verwenden, wenn die Summe konvergiert. Konvergenz bedeutet: Wenn man immer mehr Summanden in die Maschine steckt, nähert sich die Summe einem endlichen Wert, und zwar so, dass der Unterschied kleiner wird als jede beliebig kleine Zahl. Eine geometrische Reihe konvergiert, wenn $-1 < q < 1$ ist.

Wenn man die Betriebsanleitung beachtet – es gibt noch mehr Vorschriften als die oben genannte –, kann man mit unendlichen Reihen so rechnen wie mit gewöhnlichen Summen. Diese Vorschriften sind nicht immer einfach einzuhalten, und wir werden uns, dem Vorbild der Pioniere folgend, in den nächsten Abschnitten nicht um sie kümmern. Das Vorgehen ist nicht unüblich: Man rechnet zunächst wild drauflos. Erst wenn man dabei ein schönes Ergebnis gefunden hat, prüft man nach, ob man unterwegs die Vorschriften eingehalten hat.

Teleskopreihen

Lange Zeit waren die geometrischen Reihen die einzigen, mit denen man umgehen konnte. Zu Beginn des 17. Jahrhunderts fand Pietro Mengoli (1625 – 1686) eine neue Klasse berechenbarer Reihen: die Teleskopreihen. Der Name hat mit den optischen Eigenschaften eines Teleskops nichts zu tun; gemeint ist vielmehr die Ausziehmechanik aus lauter ineinander steckenden, zylindrischen Hülsen. So wie ein Teleskop beim Zusammenschieben schön klein und handlich wird, so fällt eine Teleskopreihe in sich zusammen, weil aufeinander folgende Glieder Terme enthalten, die sich gegenseitig wegheben. Hier ein Beispiel:

$$\sum_{k=1}^{\infty} \frac{2}{k(k+1)} = 1 + \frac{1}{3} + \frac{1}{6} + \frac{1}{10} + \ldots$$
$$= 2\left[\frac{1}{2} + \frac{1}{6} + \frac{1}{12} + \frac{1}{20} + \ldots\right]$$
$$= 2\left[\left(1 - \frac{1}{2}\right) + \left(\frac{1}{2} - \frac{1}{3}\right) \right.$$
$$\left. + \left(\frac{1}{3} - \frac{1}{4}\right) + \left(\frac{1}{4} - \frac{1}{5}\right) + \ldots\right]$$
$$= 2.$$

Ein anderes Beispiel liefert die »abgeleitete geometrische Reihe«:

$$T = \sum_{k=1}^{\infty} k q^{k-1} = 1 + 2q + 3q^2 + 4q^3 + \ldots$$

Der Trick besteht darin, $(1-q)T$ auszurechnen:

$$(1-q)T$$
$$= (1 + 2q + 3q^2 + 4q^3 + \ldots)$$
$$\quad - (q + 2q^2 + 3q^3 + 4q^4 + \ldots)$$
$$= 1 + q + q^2 + q^3 + \ldots$$

Und siehe da, wir finden unsere geometrische Reihe S wieder. Also ist $(1-q)T = S$ oder auch

$$T = \frac{S}{1-q} = \frac{1}{(1-q)^2}.$$

T lässt sich auch anders berechnen, indem man es als unendliche Summe von unendlichen Summen auffasst:

$$T = 1 + 2q + 3q^2 + 4q^3 + \ldots$$
$$= 1 + q + q^2 + q^3 + q^4 \ldots$$
$$\quad + q + q^2 + q^3 + q^4 \ldots$$
$$\quad\quad + q^2 + q^3 + q^4 + q^5 \ldots$$
$$\quad\quad\quad + q^3 + q^4 + q^5 + q^6 \ldots$$
$$\quad\quad\quad\quad + \ldots$$

Man klammere aus jeder Zeile den ersten Term als Faktor aus:

$$T = (1 + q + q^2 + q^3 + q^4 \ldots)$$
$$\quad + q(1 + q + q^2 + q^3 + q^4 \ldots)$$
$$\quad + q^2(1 + q + q^2 + q^3 + q^4 \ldots)$$
$$\quad + \ldots$$
$$= (1 + q + q^2 \ldots)(1 + q + q^2 \ldots)$$
$$= S^2,$$

James Gregory entdeckte 1671 die bemerkenswerte Formel

$$\frac{\pi}{4} = 1 - \frac{1}{3} + \frac{1}{5} - \frac{1}{7} + \frac{1}{9} - \ldots$$

Sie ist allerdings von keinerlei praktischem Interesse. Selbst mit einem Computer bräuchte man mehrere Jahrhunderte, um mit ihrer Hilfe die ersten hundert Dezimalstellen von π auszurechnen.

woraus wie oben folgt:
$$T = S^2 = \frac{1}{(1-q)^2}$$

Der Leser ist eingeladen, mit denselben Methoden folgende Identitäten zu beweisen:
$$\sum_{k=1}^{\infty} \frac{1}{k(k+1)(k+2)} = \frac{1}{4}$$

und
$$\sum_{k=1}^{\infty} \frac{1}{k(k+1)\ldots(k+m)} = \frac{1}{mm!}$$

Dabei ist $m!$ (sprich »m-Fakultät«) das Produkt der natürlichen Zahlen von 1 bis m, also $m! = 1 \cdot 2 \cdot 3 \cdot \ldots \cdot m$.

Überraschungen der harmonischen Reihe

$$H = 1 + \frac{1}{2} + \frac{1}{3} + \frac{1}{4} + \ldots = \sum_{k=1}^{\infty} \frac{1}{k}$$

Die Summe der Kehrwerte der natürlichen Zahlen, die so genannte harmonische Reihe, gab den Mathematikern große Rätsel auf. Berechnet man die ersten Partialsummen, so stellt man fest, dass diese nur sehr langsam größer werden. Die Hoffnung, irgendwann einen Wert zu finden, gegen den diese Reihe konvergiert, schien deshalb durchaus vernünftig.

Aber dann versuchte der Mönch Nicole Oresme, die Reihe nach unten abzuschätzen, um wenigstens etwas über sie in der Hand zu haben. Listig fasste er die Terme der Reihe zusammen:

$$H = 1 + \frac{1}{2} + \left(\frac{1}{3} + \frac{1}{4}\right)$$
$$+ \left(\frac{1}{5} + \frac{1}{6} + \frac{1}{7} + \frac{1}{8}\right)$$
$$+ \left(\frac{1}{9} + \frac{1}{10} + \frac{1}{11} + \ldots \frac{1}{15} + \frac{1}{16}\right)$$
$$+ \ldots$$

Jede der eingeklammerten Summen ist größer als 1/2. Also ist

$$H \geq 1 + \frac{1}{2} + \frac{1}{2} + \frac{1}{2} + \frac{1}{2} + \ldots$$

Somit ist klar, dass H beliebig groß wird. Anders gesagt: Die harmonische Reihe konvergiert nicht; sie hat keine endliche Summe.

Die »alternierende harmonische Reihe«, bei der die Vorzeichen von Glied zu Glied wechseln, erwies sich dagegen als gefügiger. Im Jahre 1671 zeigte Gregory, dass

$$1 - \frac{1}{2} + \frac{1}{3} - \frac{1}{4} + \frac{1}{5} - \frac{1}{6} + \ldots = \ln 2$$

ist (siehe Kasten S. 22).

Verallgemeinerte harmonische Reihen

Statt der Kehrwerte der natürlichen Zahlen kann man auch deren p-te Potenzen aufaddieren:

$$H_p = 1 + \frac{1}{2^p} + \frac{1}{3^p} + \frac{1}{4^p} + \ldots$$

Heute werden diese Reihen meistens Riemann'sche Reihen genannt. Der erwähnte Pietro Mengoli suchte sein ganzes Leben lang nach einer exakten Formel für den Fall $p = 2$, also die Summe $1 + 1/4 + 1/9 + 1/16 + \ldots$ der Kehrwerte der Quadrate natürlicher Zahlen – und scheiterte. Immerhin gelang es ihm zu zeigen, dass die Reihe konvergiert, was auch etwas wert ist. Aus $2k^2 \geq k(k+1)$ schloss er

$$\frac{1}{k^2} \leq \frac{2}{k(k+1)},$$

und Summen mit diesem eigentlich komplizierteren Term beherrschte er mit seiner Teleskoptechnik. Damit fand er das Ergebnis

$$\sum_{k=1}^{\infty} \frac{1}{k^2} \leq \sum_{k=1}^{\infty} \frac{2}{k(k+1)} = 2.$$

»Beweis« ohne Worte von Sunday A. Ajose: Die geometrische Reihe 1/4 + 1/16 + 1/64 + 1/256 + ... konvergiert gegen 1/3.

Die bizarre Welt der links-unendlichen Zahlen

Reelle Zahlen können unendlich viele Stellen hinter dem Komma haben – na schön. Aber unendlich viele Stellen vor dem Komma? Macht das irgendeinen Sinn? Erstaunlicherweise ja.

Von Jean-Paul Delahaye

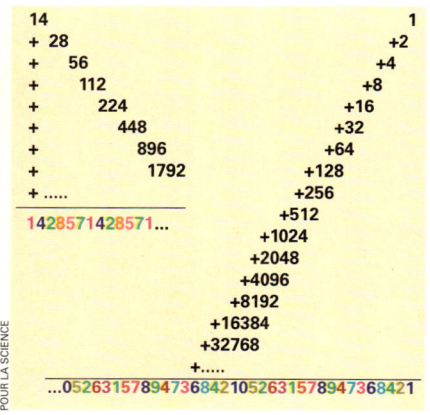

Zur Einstimmung auf ein merkwürdiges Thema möchte ich Ihnen zwei merkwürdige unendliche Additionen präsentieren.

Die erste: Man schreibe die Zahl 14 auf, verdopple sie und schreibe das Ergebnis 28 um zwei Stellen nach rechts verschoben darunter. Man verdopple die nun zuunterst stehende Zahl, schreibe das Ergebnis um zwei weitere Stellen nach rechts verschoben darunter, und so weiter. Dann addiere man alle diese unendlich vielen Zahlen auf (Bild links). Es ergibt sich 1428571428571428557... Dieses Muster wiederholt sich bis ins Unendliche. Dieselbe Ziffernfolge erhält man, wenn man 1 durch 7 teilt:

1/7 = 0,142857142857142857...

Warum?

Die zweite Addition: Wir beginnen mit der Zahl 1, verdoppeln wieder in jedem Schritt, sodass sich die Zweierpotenzen ergeben, verschieben aber dieses Mal in jeder Zeile um eine Stelle nach links. Auch hier ergibt sich bei der Addition eine periodische Ziffernfolge. Es handelt sich um die Dezimalstellen des Bruchs

1/19 = 0,052631578947368421052631789 47368421...

Warum?

Das erste Rätsel ist wie folgt zu lösen. Denken wir uns eine Null und ein Komma links von der 14. Dann ist die unendliche Summe, die wir ausrechnen,

$S = 7 \cdot (2/100 + (2/100)^2 + (2/100)^3 + \ldots)$.

In der Klammer steht die Summe einer geometrischen Reihe. Verwendet man hierfür die bekannte Beziehung

$1 + x + x^2 + x^3 + x^4 + \ldots = 1/(1-x)$,

(siehe auch Kasten S. 27), so ergibt sich

$S = 7 \cdot (2/100) \cdot (1/(1-2/100))$
$= (7 \cdot 2 \cdot 100)/(98 \cdot 1 \cdot 100)$
$= 14/98 = 1/7$.

Kein Wunder, dass wir beide Male dieselbe Ziffernfolge vorfinden.

Das ging überraschend einfach. Um dieses erste Rätsel zu lösen, brauchen wir weder die errechneten Dezimalstellen zu kennen noch zu wissen, dass das Endergebnis periodisch ist. Wir müssen noch nicht einmal im Dezimalsystem dividieren oder addieren können.

Das vermeintliche Wunder – lauter komplizierte Zahlen ohne offenkundige Regelmäßigkeit aufaddiert ergeben eine periodische Ziffernfolge – ist gar keines. Aber das sieht man erst, wenn man sich nicht in den unendlichen Sumpf dieser Additionsaufgabe hineinziehen lässt, sondern einen abstrakten Satz anwendet.

Es folgen einige Variationen über das erste Rätsel. Die erste stammt von Paul Hermann. Man beginnt mit 97; in jedem Schritt wird das Ergebnis verdreifacht und um zwei Stellen nach rechts verschoben:

```
      97
+    291
+    873
+   2619
+   7857
+  23571
+  70713
+ 212139
+ ................
 9999999999999999
```

Die Erklärung benötigt nur vier Zeilen:

$S = (97/100) \cdot (1 + (3/100) + (3/100)^2 + (3/100)^3 + \ldots)$
$= (97/100)/(1 - 3/100)$
$= (97 \cdot 100)/(97 \cdot 100) = 1.$

Außerdem ist 0,9999… gleich 1. Denn die Differenz von 0,9999 und 1 ist kleiner als 0,1 aber auch kleiner als 0,01, kleiner als 0,001 und so weiter. Die Differenz ist kleiner als jede positive Zahl, also ist sie gleich null.

Eine weitere unendliche Addition stammt von Frédéric de Ligt. Man geht von 1 aus und multipliziert immer mit 3, wobei man um eine Stelle nach rechts verschiebt:

```
       1
    +  3
    +    9
    +     27
    +      81
    +       243
    +        729
    +         2187
    + ........................
      142857142857...
```

Wieder handelt es sich um die Dezimalstellen von 1/7. Der Nachweis sei dem Leser überlassen.

Die nachfolgende Addition von Jean Blanchard beweist, dass die Informatik, die ja ständig von den Zahlen 64, 128, 1024 und anderen geraden Zweierpotenzen Gebrauch macht, Teufelswerk ist, denn die Teufelszahl 666 taucht unendlich oft auf. (Es ist zwar eine alte Weisheit, dass man die Teufelszahl – ebenso wie jede andere Zahl – durch geeignete Rechnerei überall finden kann, wenn man nur intensiv genug sucht; aber lassen wir uns davon nicht beirren.) Man beginnt mit 64 und multipliziert immer mit 4, wobei man zwei Stellen nach rechts rückt

```
       64
    +   256
    +    1024
    +     4096
    +      16384
    +       262144
    + ........................
      6666666666666666...
```

Anscheinend stößt man bei unendlichen Additionen der vorgestellten Art häufig auf periodische Ziffernfolgen. Wie sich herausstellt, sind diese sogar unvermeidlich! Denn das beschriebene Verfahren führt stets auf eine geometrische Reihe. Deren Summe ist eine rationale Zahl (das heißt von der Form p/q mit zwei natürlichen Zahlen p und q) und hat deswegen eine periodische Dezimalentwicklung.

Das zweite Rätsel ist schwieriger. Das liegt daran, dass die unendliche Addition nach links läuft – was anscheinend keinen Sinn macht. Paul Hermann fand eine elementare und elegante Lösung. Seine Überlegungen beruhen auf der Summenformel für endliche geometrische Reihen (Kasten S. 26): ▷

Merkwürdige Interpretation einer Formel

Der von dem Bogenschützen abgeschossene Pfeil durchfliegt einen Meter in der ersten Sekunde, 10 Meter in der nächsten halben Sekunde, 100 Meter in der nächsten Viertelsekunde und so weiter. Nachdem der Schütze den Pfeil abgeschossen hat, dreht er sich um, legt in zwei Sekunden gemächlich 1/9 Meter zurück – und wird von dem Pfeil durchbohrt, der von der »falschen« Seite aus dem Unendlichen kommt! Dieses Paradoxon, das von Ilan Vardi stammt, illustriert die Interpretation einer Formel: Die Summe der divergenten Reihe $1 + 10 + 100 + \ldots$ ist »gleich« $-1/9$. Zu Grunde liegt die Summenformel der geometrischen Reihe.

LINKS-UNENDLICHE ZAHLEN

Das Rechnen mit dekadischen Zahlen

Eine dekadische Zahl hat unendlich viele Dezimalziffern vor dem Komma und nur endlich viele dahinter. (Bei den reellen Zahlen ist es genau umgekehrt: endlich viele Stellen vor dem Komma, unendlich viele dahinter.)
Beispiele: …11111111111,111   …13131313,99332

Die Addition dekadischer Zahlen hat nichts Geheimnisvolles:

```
   …242424242
 + …111111111
   …353535353


   …888888,888
 + …111111,112
   …000000,000
```

Allerdings zeigt die zweite Addition, dass die Zahl …111111111,112 das Negative zu …88888888,888 ist: −…88888888,888 = …11111111,111, denn beide Zahlen addieren sich zu null. Ebenso gilt

−…99999999999 = 1 und −123 = …999999877.

Allgemein: −…edcba = …(9−e)(9−d)(9−c)(9−b)(10−a).

Die Addition unendlich vieler dekadischer Zahlen hat gelegentlich überraschende Ergebnisse:

```
 +           9
 +          90
 +         900
 +        9000
 +       90000
 +    ……………
 = …999999999999
```

Andererseits ist …99999999999 + 1 = 0. Folglich ergibt sich das seltsame Resultat:

9 + 90 + 900 + 9000 + 90000 + … = −1

Weil aber …999999999999 = 9 · (…111111111111) gilt, erhält man als Ergebnis:

…111111111111 = −1/9

Damit eine unendliche Summe gebildet werden kann, ist notwendig und hinreichend, dass die Anzahl der Nullen am Ende der zu addierenden Zahlen immer mehr zunimmt. Das erlaubt es auch, die Multiplikation dekadischer Zahlen zu definieren.

Man multipliziert dekadische Zahlen nach der Schulmethode: linker Faktor mal jede einzelne Stelle des rechten Faktors, stellenrichtig untereinander geschrieben und aufaddiert. Allerdings gibt es hierbei kein Ende:

```
a)   …242424242
   · …111111111
     …24242424242
      …24242424242
       …24242424242
        …24242424242
         …24242424242
         ……………………
     …528615286152862

b)   24242424242
   · …13131313
     …27272726
      …42424242
       …27272726
        …42424242
         …27272726
         ……………………
     ??????489746
```

Man kann zeigen, dass das Produkt zweier periodischer dekadischer Zahlen wieder eine periodische dekadische Zahl ist. In der Tat sind die periodischen dekadischen Zahlen genau die rationalen Zahlen (vergleiche Kasten S. 29).

Durch Multiplizieren findet man

…24242424242 · 33 = …999999986 = −14 und
…952861952861952862 · 297 = …00000000014 = 14.

Daraus folgt …24242424242 = −14/33 und …952861952861952862 = 14/297.

Die Periode eines Produkts kann lang sein: Das Ergebnis der Multiplikation **b)** oben ist gleich …sssss6, wobei s die 66stellige Zahl s = 594429139883685338230792776247321701867156412610958065503520048974 ist.

Die dekadische Division ist gewöhnungsbedürftig:

```
  …3333333333333333  :  1212121212121212121
 −…6363636363636363     = …4285714285714285713
  …6969696969696970
   …696969696969697
 −…848484848484847
   …848484848484850
    …84848484848485
    ……………
```

Bei der üblichen Division geht es darum, nacheinander von links nach rechts alle Ziffern des Dividenden zu null zu machen, indem man geeignete Vielfache des Divisors subtrahiert. Bei dekadischen Zahlen muss man die Ziffern des Dividenden von rechts nach links zu null machen!

Man betrachte die letzte Ziffer des Dividenden, also die 3. Um diese zu null zu machen, ziehe man 3 · …21212121212121 = …636363636363636363 von …3333333333333 ab. Es bleibt …696969696970. Man streicht die Null und arbeitet mit dem Rest …696969696969697 weiter. Da die letzte Ziffer eine 7 ist, zieht man das Produkt 7 · 21212121212121 = …48484848484847 ab. Man findet …8484848484848450. Wieder streicht man die Null. Das liefert: …84848484848485. Hier lautet die letzte Ziffer 5. Dann zieht man das Produkt 5 · 21212121212121 = …606060606060605 ab. Und so weiter.

Die Probe durch Multiplizieren ergibt
…1212121212121212121 · …4285714285714285713
= …3333333333333333,
wie es sein muss.

▷ $1 + x + x^2 + x^3 + \ldots + x^{n-1} = (x^n - 1)/(x - 1)$.

Betrachten wir die ersten n Zeilen des mysteriösen Schemas. Ergänzen wir mit Nullen nach rechts, so ergibt sich die Summe:

$$S(n) = 1 + 20 + 20^2 + 20^3 + \ldots + 20^{n-1}$$
$$= (20^n - 1)/(20 - 1) = 10^n \cdot 2^n/19 - 1/19.$$

An dieser Stelle bringt Paul Hermann einen neuen Gedanken ins Spiel: Wenn n ein Vielfaches von 18 ist, dann ist die Zahl 2^n von der Form $19k + 1$ mit einer bestimmten natürlichen Zahl k. Um das einzusehen, schaut man sich zunächst den Fall $n = 18$ an: $2^{18} = 262144 = 13797 \cdot 19 + 1$. Außerdem gilt: Multipliziert man zwei Zahlen der Form $19k + 1$ miteinander, so hat deren Produkt wieder diese Form.

Ist also n ein Vielfaches von 18, so existiert eine natürliche Zahl k, sodass

$$S(n) = 10^n \cdot (19k + 1)/19 - 1/19$$
$$= 10^n \cdot k + 10^n/19 - 1/19.$$

Der Term $10^n \cdot k$ ist eine Zahl mit n Nullen und hat daher in dieser Summe keinen Einfluss auf die letzten n Ziffern. Ist also n ein Vielfaches von 18, so liefert die Addition der ersten n Zeilen in den n letzten Spalten die Ziffern der Zahl $10^n/19 - 1/19$. Das sind genau die Ziffern, die man erhält, wenn man 1 durch 19 dividiert (denn man erhält dieselbe Ziffernfolge, einerlei ob man 1, 10, 100 oder allgemein 10^n durch 19 teilt). Die Subtraktion von $1/19$ lässt die Ziffern von $10^n/19$ verschwinden, die hinter dem Komma stehen.

Folglich sind die letzten n Ziffern des Schemas gerade die ersten n Ziffern der Dezimalbruchentwicklung von $1/19$. Nimmt man immer größere n ($n = 18$, $n = 36$, $n = 54$, ...), so erklärt sich die merkwürdige Koinzidenz vollständig. Die Theorie der dekadischen Zahlen, die ich Ihnen weiter unten vorstellen möchte, liefert eine noch einleuchtendere Erklärung.

Frédéric de Ligt und Raymond Millon haben die nachfolgende hübsche Variante der »unendlichen Addition nach links« vorgeschlagen. Ausgangszahl 7, Multiplikation mit 5, Verschiebung um eine Stelle nach links:

```
                    7
                 + 35
                + 175
               + 875
              + 4375
             + 21875
            + 109375
           + ...........
        ...142857142857142857...
```

Das sind die Ziffern von $1/7$!

Neues zur geometrischen Reihe

Es ist einfach, die Identität

$$1 + x + x^2 + \ldots + x^n = \frac{1 - x^{n+1}}{1 - x}$$

zu beweisen. Es genügt zu zeigen, dass

$$(1 + x + x^2 + \ldots + x^n)(1 - x) = 1 - x^{n+1}$$

ist. Das wiederum folgt durch schlichtes Ausmultiplizieren:

$$(1 + x + x^2 + \ldots + x^n)(1 - x)$$
$$= (1 + x + x^2 + \ldots + x^n) \cdot 1 - (1 + x + x^2 + \ldots + x^n) \cdot x$$
$$= (1 + x + x^2 + \ldots + x^n) - (x + x^2 + \ldots + x^{n+1})$$
$$= 1 - x^{n+1}.$$

Geht x^{n+1} gegen null, so ergibt sich

$$1 + x + x^2 + \ldots + x^n + \ldots = \frac{1}{1 - x}.$$

Wir unterscheiden nun zwei Fälle:

Reelle Zahlen: Bei den nach rechts unendlichen Zahlen (das sind die ganz gewöhnlichen reellen Zahlen) gilt: x^{n+1} geht dann und nur dann gegen null, wenn der Betrag von x kleiner als 1 ist. Aus der Summenformel für die geometrische Reihe folgt insbesondere

$$1 + \frac{1}{2} + \frac{1}{4} + \ldots = 2$$

sowie

$$0,999999\ldots = 0,9 + 0,09 + 0,009 + 0,0009 + \ldots$$
$$= \frac{9}{10} \cdot \left(1 + \frac{1}{10} + \frac{1}{10^2} + \frac{1}{10^3} + \ldots + \frac{1}{10^n} + \ldots\right)$$
$$= \frac{9}{10} \cdot \frac{1}{1 - \frac{1}{10}} = 1.$$

Dekadische Zahlen: Eine Folge x_n dekadischer Zahlen geht dann und nur dann gegen null, wenn die Anzahl der Nullen am (rechten) Ende von x_n mit wachsendem n immer größer wird. Das ist beispielsweise in der Folge $1, 20, 400, 8000, 16000, \ldots, 20^n$ der Fall. Alle Folgen der Form $(k \cdot 10)^n$ gehen also gegen null, falls n gegen unendlich geht. Darüber hinaus gilt: Wenn x auch nur eine Null vor dem Komma hat (Beispiel: $x = 20$), dann konvergiert die geometrische Reihe $1 + x + x^2 + \ldots$ und hat den Wert $1/(1 - x)$. Für $x = 20$ erhält man

$$1 + 20 + 20^2 + \ldots = \frac{1}{1 - 20} = -\frac{1}{19}.$$

Ebenso findet man

$$\ldots 999999 = 9 \cdot \ldots 111111$$
$$= 9 \cdot (1 + 10 + 100 + 1000 + \ldots)$$
$$= 9 \cdot \frac{1}{1 - 10} = 9 \cdot \frac{-1}{9} = -1.$$

Frédéric de Ligt hat auch eine Addition entdeckt, die $1/13$ ergibt. Man geht von 3 aus, multipliziert immer mit 4 und verschiebt eine Stelle nach links: ▷

LINKS-UNENDLICHE ZAHLEN

```
▷                    3
                  + 12
                  + 48
                 + 192
                 + 768
                + 3072
               + 12288
             + ......................
          ...076923076923076923...
```

Das sind gerade die Ziffern von 1/13.

Diese Koinzidenzen zweiter Art lassen sich alle nach dem obigen Muster erklären. Allerdings erscheint dies übertrieben kompliziert. Man muss in jedem Einzelfall eine Zahl finden, die im obigen Beweis an die Stelle der 18 tritt, und so weiter. Nachdem wir eine gewisse Übung in solchen Additionen erworben haben, die nach links unendlich sind, liegt folgender Gedanke nahe: Warum sollen wir mit den Krücken der endlichen Arithmetik ins Unendliche humpeln? Verallgemeinern wir

Die seltsame Welt der dekadischen Zahlen

Automorphe Zahlen: Unter den nach links unendlichen Zahlen hat die Gleichung $x^2 = x$ neben 0 und 1 noch weitere Lösungen; sie heißen automorphe Zahlen. Es gibt deren zwei, die mit x_1 und x_2 bezeichnet werden. Hier sind ihre letzten 90 Stellen:

$x_1 =$ ...108169802938509890062166509580863811000557423
42323089610900410661997739225625991821 2890625

$x_2 =$ ...891830197061490109937833490419136188999442576
57676910389099589338002260774374008178 7109376

Das bedeutet im Einzelnen: Man nehme eine (gewöhnliche) Zahl, deren letzte zehn Stellen mit denen von x_1 übereinstimmen – also gleich 8212890625 sind –, und quadriere sie. Dann ergibt sich eine Zahl, welche dieselben zehn Endziffern aufweist. Gleiches gilt, wenn man die 20 Endziffern von x_1 oder x_2 nimmt, oder eine andere beliebige Anzahl von Endziffern.

Wie berechnet man x_1? Für beliebiges n sind die letzten n Ziffern von x_1 die letzten n Ziffern von 5^{2^n}. Die zweite automorphe Zahl hängt mit der ersten über die Beziehung $x_1 + x_2 = 1$ zusammen.

Nullteiler, nicht invertierbare Zahlen: Das Produkt zweier reeller Zahlen, die beide ungleich null sind, ist wieder ungleich null. In der Welt der reellen Zahlen gibt es keine Nullteiler, in der Welt der dekadischen Zahlen aber sehr wohl. Denn $x_1 \cdot x_2 = x_1 \cdot (1-x_1) = x_1 - x_1^2 = 0$.

Die Zahlen x_1 und x_2 sind beide ungleich null, aber ihr Produkt ist null! Das bedeutet konkret: Multipliziert man eine Zahl, deren letzte 20 Ziffern mit denen von x_1 übereinstimmen, mit einer anderen Zahl, deren letzte 20 Ziffern gleich denen von x_2 sind, so erhält man eine Zahl, von der man von vornherein weiß, dass ihre letzten 20 Ziffern Nullen sind:

92256259918212890625 · 07743740081787109376 =
71440849772443471020000000000000000000

Es gibt viele weitere Nullteiler. So ist das Produkt einer beliebigen dekadischen Zahl y mit x_1 oder mit x_2 wieder ein Nullteiler, denn $(y \cdot x_1) \cdot x_2 = y \cdot (x_1 \cdot x_2) = y \cdot 0 = 0$.

Ein Nullteiler kann keinen Kehrwert (mulitplikatives Inverses) haben. Denn angenommen, die dekadische Zahl z sei der Kehrwert von x_1. Dann müsste gelten:

$x_2 = x_2 \cdot 1 = x_2 \cdot (x_1 \cdot z) = (x_2 \cdot x_1) \cdot z = 0 \cdot z = 0$

Das ist aber ein Widerspruch, da x_2 ungleich 0 ist. Also ist unter den dekadischen Zahlen nicht nur die Division durch null verboten, sondern auch durch jeden Nullteiler.

Wenn man allgemeine Sätze aufstellen und beweisen will, stört die Tatsache, dass die Division nicht uneingeschränkt durchführbar ist, doch erheblich. Das erklärt, warum die dekadischen Zahlen unter den Mathematikern wenig Freunde haben. Nimmt man aber als Basis des Zahlensystems eine Primzahl p anstelle von 10, so hat jede p-adische Zahl ungleich null einen Kehrwert, und es gibt keine Nullteiler. Für Primzahlen p bilden die p-adischen Zahlen einen so genannten Körper. Dieser ist in der Zahlentheorie von großem Nutzen.

Quadratwurzeln: Es ist wohl bekannt, dass im Bereich der reellen Zahlen eine Gleichung n-ten Grades höchstens n Lösungen hat; insbesondere hat jede reelle Zahl höchstens zwei Quadratwurzeln. Im Reich der dekadischen Zahlen liegen die Dinge anders. Eine dekadische Zahl kann bis zu vier Quadratwurzeln haben. Wie man nachrechnet, gilt $(2x_1 - 1)^2 = 1$. Daraus folgt, dass die Zahl 1 nicht nur die Quadratwurzeln 1 und -1 besitzt, sondern auch noch $2x_1 - 1$ und damit auch $1 - 2x_1$. Gleichungen vom Grad d können bis zu d^2 Lösungen besitzen. Für eine allgemeine Basis b anstelle von 10 sind es d^k Lösungen, wobei k die Anzahl der verschiedenen Primfaktoren von b ist.

Hier sind die letzten Ziffern der beiden nicht-trivialen Quadratwurzeln (also außer $r_1 = 2$ und $r_2 = -2$) von 4:

$r_3 =$ ...703063070764155639835735200904309749603271484375 02
$r_4 =$ ...296936929235844360164264799095690250396728515624 98

Noch eine Merkwürdigkeit: Während jede natürliche Zahl im Reich der reellen Zahlen eine Quadratwurzel besitzt, liegen die Dinge bei den dekadischen Zahlen anders. Weder 2 noch 3 noch 5 haben dort eine Quadratwurzel. Dagegen hat die Zahl 41 (die nicht Quadrat einer natürlichen Zahl ist) vier dekadische Quadratwurzeln. Eine von ihnen endet auf die folgenden Stellen:

...780284689680810830084469701318156276927163008501
66411762706405637574383073855406726324 1296179

Das bedeutet: Quadriert man diese Zahl, so ergibt sich eine Zahl, deren letzte Stellen ...000041 sind. Folgende natürliche Zahlen unter 100 haben dekadische Quadratwurzeln: 1, 4, 9, 16, 25, 36, 41, 64, 81 und 89.

doch einfach die gängigen Zahlen, indem wir die Ziffernfolgen mit unendlich vielen Stellen vor dem Komma hinzunehmen!

Unweigerlich stellen sich die bangen Fragen: Ist all dies überhaupt möglich? Macht es Sinn? Gerät man nicht in unauflösliche Widersprüche?

Es war vor hundert Jahren …

Die Antwort lautet: Nein. Es gibt eine mathematische Theorie, welche die nach links unendlichen Zahlen untersucht und ihnen einen Sinn gibt. Sie ist »so gut wie widerspruchsfrei«: Aus einem Widerspruch in dieser Theorie würde ein Widerspruch in der Mengenlehre folgen, und dass ein solcher sich auftun könnte, halten die Fachleute für ausgeschlossen (auch wenn nach dem berühmten Satz von Gödel die Widerspruchsfreiheit der Mengenlehre aus sich selbst heraus nicht beweisbar ist).

Diese Theorie, die übrigens nichts mit Cantors Theorie der unendlichen Ordinal- oder Kardinalzahlen zu tun hat, ist etwas mehr als 100 Jahre alt. Der deutsche Mathematiker Kurt Hensel (1861–1941) hat sie Ende des 19. Jahrhunderts geschaffen; sie ist zu einem wichtigen Werkzeug der Zahlentheorie geworden, wo sie vor allem zur Lösung gewisser diophantischer Gleichungen (das sind Gleichungen mit ganzzahligen Koeffizienten) verwendet wird. Hensels Theorie ist etwas aus der Mode gekommen und wird nur wenig gelehrt, obwohl sie auch Schülern des Gymnasiums nahe gebracht werden könnte und ihnen einen Einblick in ein Zahlenreich voller merkwürdiger Eigenschaften eröffnen würde.

Gewöhnliche Zahlen kann man von einem Stellenwertsystem in ein anderes umrechnen, ohne dass sich etwas Wesentliches ändert: Die dezimal, das heißt in unserem gewöhnlichen Zahlensystem zur Basis 10, geschriebene 17 ist genau dasselbe wie 10001 im Zweier-(Binär-)system oder 122 im Zahlensystem zur Basis 3. Im Gegensatz dazu vertragen die nach links unendlichen Zahlen keinen Wechsel in der Basis. Entscheidet man sich dafür, im Dezimalsystem zu arbeiten (was wir weiterhin tun werden), so muss man bei dieser Entscheidung bleiben, weil sich die Resultate ändern, wenn man die Basis ändert. Anders gesagt: Es gibt ebenso viele Arten von nach links unendlichen Zahlen, wie es mögliche Basen gibt.

Die nach links unendlichen Zahlen zur Basis p werden p-adische Zahlen genannt – zumindest wenn p eine Primzahl ist. Mathematiker, die sich dem südwestdeutschen Raum besonders verbunden fühlen (und insbesondere harte Konsonanten nur widerwillig aussprechen), sprechen gerne von b-adischen Zahlen. Dementsprechend wollen wir unsere 10-adischen Zahlen im Folgenden »dekadische Zahlen« nennen.

Man darf ihnen ein Komma sowie endlich viele Stellen rechts vom Komma anfügen. Damit sind die p-adischen Zahlen in gewissem Sinn genaue Spiegelbilder der gewöhnlichen reellen Zahlen. Denn diese dürfen nur endlich viele Stellen vor dem Komma haben, aber unendlich viele dahinter.

Eine dekadische Zahl sieht beispielsweise so aus:

…179179179,345

Die drei Punkte deuten an, dass sich die Ziffernfolge 179 unendlich oft wiederholt, wenn man nach links geht. Dekadische Zahlen ohne Stellen hinter dem Komma sind ganze dekadische Zahlen.

Die Addition dekadischer Zahlen bereitet keine Schwierigkeiten (Kasten S. 26):

```
   …14141414,51
 +…88888888,888
 =…03030303,398
```

Man addiert wie gewohnt, muss sich allerdings etwas Zeit nehmen, um von rechts nach links die Überträge aufzuaddieren – bis ins Unendliche.

Bisher haben wir als Beispiele lauter periodische Zahlen gewählt – allerdings nur aus ▷

Periodische Zahlen – reell und dekadisch

Ist s eine endliche Folge von Ziffern der Länge p, so ist der Wert der dekadischen Zahl …$ssss$ gleich $-s/(10^p-1)$ und der Wert der reellen Zahl $0,ssss$… gleich $s/(10^p-1)$. Das ist alles, was man wissen muss.

So gilt einerseits mit dekadischen Zahlen: …$ssss$ – $(10^p \cdot$ …$ssss$) = s (Beispiel mit $s=51$, also $p=2$: …5151515151515151 – …515151515151515100 = 51). Andererseits hat man für reelle Zahlen $10^p \cdot 0,ssss$… $- 0,ssss$… $= s$ (Beispiel: $51,51515151$… $- 0,5151515$… $= 51$).

Hieraus schließt man: Ebenso wie in der Welt der reellen Zahlen sind periodische dekadische Zahlen Quotienten zweier natürlicher Zahlen (also Brüche im gewöhnlichen Sinn des Wortes: 12/47, –32/1997 und so weiter). Daraus folgt, dass das Produkt zweier periodischer dekadischer Zahlen wieder periodisch ist.

Damit erklären sich elegant die Rätsel zweier Art vom Anfang des Artikels: $1 + 20 + 400 + 8000 + 160\,000 + \ldots = 1/(1-20) = -1/19$ (nach der dekadischen Formel für die geometrische Reihe). Berechnet man 1/19 im Bereich der reellen Zahlen, so erhält man ein Resultat der Form $0,sss$… mit der Ziffernfolge s. Nach dem oben erklärten Grundsatz liefert die Ziffernfolge …$ssss$ als dekadische Zahl das Ergebnis –1/19.

LINKS-UNENDLICHE ZAHLEN

▷ Bequemlichkeit, denn man kann sich ohne Weiteres auch nichtperiodische Zahlen wie

…100000100001000100 1011 oder
…264832397985356295 1413

vorstellen. (Die Ziffernfolgen sind übrigens nicht zufällig! In der ersten Zahl steht, von rechts nach links betrachtet, zwischen zwei Einsen immer eine Null mehr als zuvor, die andere besteht aus den Ziffern von π in der umgekehrten Reihenfolge.)

Bei manchen Additionen zeigen sich merkwürdige Eigenschaften:

```
              9
+ …9999999991
=  0000000000

    …123123,123
+   …876876,877
=   …000000,000
```

Bei der Addition zweier dekadischer Zahlen kann 0 herauskommen. Das bedeutet: Man braucht eigentlich keine Minuszeichen. Was wir gewöhnlich als −9 schreiben, lässt sich hier als …99999999991 ausdrücken. Zu jeder dekadischen Zahl gibt es ein Negatives. Man erhält es, indem man ziffernweise das Komplement bildet: Ersetze die letzte Ziffer c durch $10-c$ und jede andere durch $9-c$.

Nebenbei folgt daraus, dass in der dekadischen Welt der Unterschied zwischen positiv und negativ sich auflöst. Schlimmer noch: Man kann nicht mehr in jedem Fall sagen, welche von zwei dekadischen Zahlen die größere ist. Denn man kann zwar ihre Differenz bilden (siehe unten), aber nicht mehr entscheiden, ob sie positiv oder negativ ist. Damit scheint den dekadischen Zahlen eine wesentliche Eigenschaft von Zahlen zu fehlen: die Anordnung. Sie taugen nicht dazu, irgendetwas der Größe nach zu vergleichen.

Die Mathematiker stört das nur mäßig. Die komplexen Zahlen sind auch nicht angeordnet und trotzdem sehr nützlich. Und die dekadischen Zahlen verfügen über zahlreiche andere Eigenschaften, welche die Bezeichnung »Zahlen« rechtfertigen.

Subtraktion

Die Subtraktion lässt sich problemlos durch Verallgemeinerung des üblichen Verfahrens definieren. Oder man addiert $-x$, statt x zu subtrahieren, was, wie sich herausstellt, auf dasselbe hinausläuft:

```
    …22222222222
−             5
=   …2222222217
```

```
    …123123,123
−   …999999,999
=   …123123,124
```

Multiplikation

Auch bei der Multiplikation ergeben sich keine besonderen Schwierigkeiten. Man verwendet die in der Schule erlernte Methode, die man sich unendlich weit nach links fortgesetzt denkt (Kasten S. 26).

Unsere Beispiele verwenden periodische Zahlen; aber die Multiplikation ist für alle dekadischen Zahlen definiert. Allerdings ist das Produkt zweier periodischer Zahlen stets periodisch.

Die so definierten Operationen Addition und Multiplikation haben alle schönen Eigenschaften, die man von ihnen erwarten würde:

$a + b = b + a,$
$(a + b) + c = a + (b + c),$
$a \cdot b = b \cdot a,$
$(a \cdot b) \cdot c = a \cdot (b \cdot c),$
$(a + b) \cdot c = a \cdot c + b \cdot c$

und so weiter. Die Mathematiker nennen daher die Menge der dekadischen Zahlen einen »kommutativen Ring«, aber das ist für uns nicht wichtig.

Bei der Multiplikation gibt es einige Überraschungen:

$…2857142857143 \cdot 7 = 1$
$…765432098765432 \cdot 9 = …8888888888$

Die erste Gleichung besagt, dass die Zahl 7 den Kehrwert …2857142857143 hat:

$1/7 = …2857142857143.$

Hat jede dekadische Zahl einen Kehrwert? Für diese Frage müssen wir über die Division nachdenken.

Division

Zunächst die einfachen Fälle. Dank der Kommaschreibweise kann man jede dekadische Zahl durch 2 und durch 5 teilen:

$…11111111 : 2 = …55555555,5$
$…321321321 : 5 = …64264264,2$

Allgemeiner ist jede dekadische Zahl durch eine beliebige Zahl der Form $2^n \cdot 5^m$ teilbar.

Bei anderen Divisoren, insbesondere bei nach links unendlichen von der Form …$dcba$, wäre der im Kasten auf S. 26 dargestellte Divisionsalgorithmus anzuwenden, der von rechts nach links nach und nach Nullen bei den Resten produziert. Das Verfahren ist jedoch nicht immer anwendbar. Bei genauerem Hinsehen stellt man fest, dass es funktioniert, falls die letzte Ziffer a des Divisors $\ldots dcba$ bei Multiplikation mit 0, 1, 2, 3, 4, 5, 6, 7, 8, 9 Zahlen ergibt, die mit allen Ziffern 0, 1, …, 9 (nicht unbedingt in dieser Reihenfolge) enden.

Das trifft für $a=1$ zu. Auch für $a=3$ ist das richtig: $3 \cdot 0 = 0$, $3 \cdot 1 = 3$, $3 \cdot 2 = 6$, $3 \cdot 3 = 9$, $3 \cdot 4 = 12$, $3 \cdot 5 = 15$, $3 \cdot 6 = 18$, $3 \cdot 7 = 21$, $3 \cdot 8 = 24$, $3 \cdot 9 = 27$. Weiter stellt man fest, dass auch 7 und 9 die Anforderung erfüllen, nicht aber 0, 2, 4, 5, 6 und 8.

Folglich lässt sich die dekadische Division durchführen, falls die letzte Stelle a des Divisors $\ldots dcba$ 1, 3, 7 oder 9 lautet. (Für eine allgemeine Basis n anstelle von 10 ist die entsprechende Bedingung, dass a teilerfremd zu n sein muss.)

Ist diese Bedingung nicht erfüllt, so ist noch nicht alles verloren. Wir dividieren zuerst den Zähler und den Nenner des Bruchs, den wir ausrechnen möchten, durch 2 oder durch 5 (was ja stets möglich ist), um uns dadurch die störenden Endziffern 0, 2, 4, 5, 6 und 8 des Divisors vom Halse zu schaffen. Wir hoffen, dass wir so nach endlich vielen Schritten einen Nenner erhalten, der auf 1, 3, 7 oder 9 endet. Das ist fast immer der Fall. Allerdings gelangt man für einige befremdliche dekadische Zahlen nie zum Ziel. Hier sind zwei davon (im Kasten auf S. 28 ist erklärt, wie man sie berechnet):

$x_1 = \ldots 3953007319108169802938509890062166509580863811000557423423230896109004106619977392256259918212890625$

$x_2 = \ldots 6046992680891830197061490109937833490419136188999442576576769103890995893380022607743740081787109376$

Die erste Zahl ist beliebig oft durch 5 teilbar (man findet also bei Division durch 5 nie ein Resultat, das auf 1, 3, 7 oder 9 endet), die zweite ist beliebig oft durch 2 teilbar.

Diese beiden Zahlen haben eine weitere bemerkenswerte Eigenschaft, die keine Entsprechung in der Welt der reellen Zahlen hat. Ihr Produkt ist null: $x_1 \cdot x_2 = 0$.

Man sagt, dass x_1 und x_2 Nullteiler sind (und dass der Ring der dekadischen Zahlen kein »Integritätsbereich« ist). Obendrein hat jede dieser Zahlen die merkwürdige Eigenschaft, gleich ihrem Quadrat zu sein: $(x_1)^2 = x_1$, $(x_2)^2 = x_2$. Zahlen mit dieser Eigenschaft nennt man »automorph«; x_1 und x_2 sind die beiden einzigen automorphen dekadischen Zahlen – von 0 und 1 natürlich abgesehen.

Viele weitere erstaunliche Eigenschaften der dekadischen Zahlen beweisen, dass man mit ihnen »rechnen« kann – im wörtlichen wie im übertragenen Sinn. Die Pünktchen zur Linken sind zweifellos gewöhnungsbedürftig; aber die dekadischen Zahlen gehorchen den üblichen Rechenregeln. Sie helfen einem, ohne großen Tiefsinn die Rätsel vom zweiten Typ zu verstehen. Und gerade dadurch, dass bei ihnen die Division nicht immer ausführbar ist, geben sie ein gutes Beispiel für eine algebraische Struktur ab, welche die Mathematiker einen »Ring« nennen und die ihnen in den verschiedensten Kontexten begegnet. ◁

Jean-Paul Delahaye ist Professor für Informatik an der Université des Sciences et Technologies in Lille. Für »Pour la Science«, die französische Schwesterzeitschrift von Spektrum der Wissenschaft, hat er bereits mehr als hundert Beiträge verfasst.

Zahlen. Von Heinz-Dieter Ebbinghaus, Hans Hermes und Friedrich Hirzebruch. Springer, Berlin 1992

À l'horizon de l'arithmétique décimale: les nombres 10-adiques. Von Roger Cuculière in: Pour la Science, Juni 1986

Le brenoms. Von Vincent Lefèvre. Online unter http://www.vinc17.org/math/index.fr.html

Unendlich plus eins

Kann man nach dem Unendlichen einfach weiterzählen? Ja, und es hat sogar einen Sinn. Die transfiniten Zahlen dienen dazu, gewisse unendliche Mengen in eine Ordnung zu bringen.

Von Julien Linassier

Achilles läuft mit der Schildkröte um die Wette. Da er die zehnfache Geschwindigkeit hat, gibt er ihr großzügig einen Vorsprung. So beginnt die berühmte Geschichte, die der antike Philosoph Zenon von Elea erdachte, um das Paradox zu beschreiben, das heute seinen Namen trägt.

Zu einem gewissen Zeitpunkt t_0 ist Achilles am Startpunkt des Tiers angelangt. Es folgt der Zeitpunkt t_1, zu dem Achilles die Stelle erreicht, an der sich die Schildkröte im Zeitpunkt t_0 befand, und so weiter. Allgemein ist t_n der Zeitpunkt, zu dem der Held die Stelle erreicht, an der die Schildkröte zum Zeitpunkt t_{n-1} war.

Endlich gibt es, im Gegensatz zu der Überzeugung Zenons, den Zeitpunkt T, an dem Achilles die Schildkröte einholt. Es ist der früheste Zeitpunkt, der nach allen Zeitpunkten in der geordneten Folge $t_0, t_1, t_2, \ldots$ kommt. Die Abzählung 1, 2, 3, ... erschöpft nicht die Unendlichkeit der Zeitpunkte. Vor allem: Nachdem die unendlich vielen Zeitpunkte $t_0, t_1, t_2, \ldots$ verstrichen sind, läuft die Zeit einfach weiter! Es gibt gewissermaßen einen Zeitpunkt mit der Nummer »unendlich plus eins«, und noch viele mehr. Aber kann man überhaupt über das Unendliche hinaus zählen?

Ja. Die zugehörigen Zahlen heißen »transfinit« (»jenseits des Endlichen«), und man kann mit ihnen rechnen wie mit gewöhnlichen Zahlen – mit einigen wesentlichen Einschränkungen. Um sie zu verstehen, müssen wir ein wenig ausholen.

Ordnungszahlen

Die natürlichen Zahlen werden zu zweierlei Zwecken verwendet: zum Zählen und zum Ordnen. Ich bin in einem Buch auf Seite 62. Diese Zahl sagt mir, dass ich schon 61 Seiten hinter mir habe (das ist das Zählen); das interessiert mich allerdings weniger als zum Beispiel die Tatsache, dass die Seite 57 vor Seite 62 kommt, wenn ich etwa dem Verweis auf Seite 57, der auf Seite 62 steht, folgen möchte. Oder ich muss einen durcheinander geratenen Papierstapel, dessen Blätter Seitenzahlen tragen, sortieren; das ist die Ordnungsfunktion der natürlichen Zahlen.

Wenn wir einen Stapel von Spielkarten in die richtige Reihenfolge zu bringen haben, stützen wir uns regelmäßig auf folgende Eigenschaften:

▶ Je zwei Karten können immer verglichen werden, das heißt, es ist stets möglich festzustellen, welche der beiden – in der von uns gewählten Sortierung – vor der anderen kommt. Wenn a vor b kommt, schreiben wir das, in Analogie zu den Verhältnissen bei Zahlen, als $a \leq b$.

▶ Jede Karte a kommt vor sich selbst: $a \leq a$. (Das ist nichts Tiefsinniges, sondern nur eine Verabredung, die einem das Formulieren vieler Sachverhalte erleichtert.)

▶ Kommt die Karte a vor der Karte b und die Karte b vor der Karte a, so sind a und b identisch. (Oder weniger indirekt ausgedrückt: Für zwei verschiedene Karten a und b kann nicht gleichzeitig $a \leq b$ und $b \leq a$ gelten.)

▶ Kommt die Karte a vor der Karte b und die Karte b vor der Karte c, so kommt a vor c.

▶ Für jede Menge von Karten ist es möglich, eine von diesen Karten zu finden, die vor allen anderen kommt.

Eine Menge mit einer Ordnungsrelation, die diese Kriterien erfüllt, heißt wohlgeordnet. Jede Ordnung einer Menge M lässt sich sehr einfach beschreiben, indem man die Ele-

Die Vision des Jakob

Aber Jakob zog aus von Beerscheba und machte sich auf den Weg nach Haran und kam an eine Stätte, da blieb er über Nacht, denn die Sonne war untergegangen. Und er nahm einen Stein von der Stätte und legte ihn zu seinen Häupten und legte sich an der Stätte schlafen. Und ihm träumte, und siehe, eine Leiter stand auf Erden, die rührte mit der Spitze an den Himmel, und siehe, die Engel Gottes stiegen daran auf und nieder.

1. Mose 28, 10–12

Führt die Leiter der transfiniten Ordinalzahlen in Cantors Paradies oder in die Hölle des Paradoxons von Burali-Forti?

BRIDGEMAN (JOHANN WILHELM BAUR, JAKOBS TRAUM VON DER HIMMELSLEITER, 17. JHDT; KUPFERSTICHKABINETT, KUNSTMUSEUM BASEL)

mente von M der Reihe nach aufführt: In der Darstellung $(e_1, e_2, e_3, \ldots)$ ist e_1 das erste Element von M (dasjenige, das vor allen anderen kommt), e_2 das erste Element von M ohne e_1 und so weiter. Nähere Einzelheiten finden sich im Kasten auf S. 34.

Die Zahlen, die wir konstruieren wollen, sollen nun zur Charakterisierung wohlgeordneter Mengen dienen. Dabei soll es nicht darauf ankommen, was die Elemente dieser Mengen sind, sondern nur auf ihre Ordnungsbeziehungen. Deswegen führen wir eine neue Definition ein:

Zwei wohlgeordnete Mengen heißen »ähnlich« oder »vom selben Ordnungstyp«, wenn es möglich ist, die Elemente der ersten Menge denen der zweiten bijektiv und unter Erhaltung der Ordnung zuzuordnen. So kann man beispielsweise vier nummerierte Karten in die übliche Anordnung {1, 2, 3, 4} bringen oder in die umgekehrte {4, 3, 2, 1}. Die Zuordnung, die der Karte mit der Nummer i die Karte mit der Nummer $5-i$ zuordnet, bildet die erste Anordnung in die zweite ab. Die beiden geordneten Mengen sind somit vom selben Ordnungstyp.

Endliche Mengen sind in dieser Hinsicht überhaupt wenig überraschend. Alle Anordnungen von endlich vielen Spielkarten unterscheiden sich nur durch eine Permutation, ▷

Man stelle sich eine unendliche Anzahl von Leitern vor, die aufeinander folgen und die jeweils unendlich viele Sprossen besitzen. Um hinaufzuklettern, kann man entweder Sprosse für Sprosse erklimmen oder aber auf die nächste Leiter springen. Dann muss man sich unendlich viele Systeme aus unendlichen Leitern vorstellen und so weiter. Das gesamte Geheimnis des Transfiniten liegt in dieser Anordnung des »und so weiter«.

WOHLORDNUNG

einerlei, welche Farbe gerade Trumpf ist. Für *n* Karten ergibt sich also immer derselbe Ordnungstyp. Diesem Typ weisen wir die »Ordinalzahl« (»Ordnungszahl«) *n* zu. Wenn der Stapel keine Karten enthält, ist seine Ordinalzahl 0. In der Mathematik muss eben »alles seine Ordnung haben«, auch die leere Menge.

Allgemein haben zwei wohlgeordnete Mengen dieselbe Ordinalzahl, wenn sie ähnlich sind. Anders gesagt: Eine Ordinalzahl ist die Klasse aller wohlgeordneten Mengen, die denselben Ordnungstyp haben.

Das klingt zunächst einigermaßen verschroben. Aber auf ganz analoge Weise definieren manche Grundlagenmathematiker die natürlichen Zahlen: Eine natürliche Zahl ist eine Klasse von endlichen Mengen, die sämtlich bijektiv aufeinander abbildbar sind. (Gemeint ist eigentlich: »die sämtlich die gleiche Anzahl an Elementen haben«; aber das Wort »Anzahl« wollen wir ja erst noch definieren.) Insbesondere ist die Zahl 2 die Klasse aller Mengen, die bijektiv auf die Menge {mein linker Pantoffel, mein rechter Pantoffel} abbildbar sind.

Eine Ordinalzahl ist also eine Art Kennzeichen, das allen wohlgeordneten Mengen desselben Typs zukommt.

Eine Ordinalzahl *a* heißt »echt größer« als eine Ordinalzahl *b* (geschrieben $a > b$ oder $b < a$), wenn jede geordnete Menge mit der Ordinalzahl *a* eine Teilmenge hat, der die Ordinalzahl *b* zukommt, während das Umgekehrte nicht gilt.

Für endliche Mengen ist der Sinn der ganzen Definiererei nur mit Mühe zu sehen. Im

Ordnungen

Zum Klassifizieren, Ordnen, Sortieren muss man über ein Vergleichskriterium verfügen, das einem sagt, ob »*a* vor *b*« oder »*b* vor *a*« kommt. Ein solches Kriterium nennt man »Ordnungsrelation« und bezeichnet es mit dem geläufigen Zeichen ≤ (»kleiner oder gleich«), auch wenn die zu ordnenden Elemente gar keine Zahlen sind. Eine Ordnungsrelation hat *per definitionem* drei Eigenschaften:

▶ Sie ist reflexiv: Für alle Elemente *a* der betrachteten Menge gilt $a \leq a$.

▶ Sie ist antisymmetrisch: Aus $a \leq b$ und $b \leq a$ folgt $a = b$. Das heißt, wenn zwei Elemente nicht gerade identisch sind, kann höchstens eine der beiden Ordnungrelationen gelten.

▶ Sie ist transitiv: Aus $a \leq b$ und $b \leq c$ folgt $a \leq c$.

Eine *geordnete Menge* ist eine Menge mit einer Ordnungsstruktur. Eine Ordnung heißt *total*, wenn zwei beliebige Elemente der Menge stets vergleichbar sind.

Auf der Menge aller Wörter kann man die »lexikografische Ordnung« einführen: Man schreibt $a \leq b$, wenn das Wort *a* im Wörterbuch vor dem Wort *b* kommt. Die lexikografische Ordnung ist total: Von zwei gegebenen Wörtern kann man stets entscheiden, welches zuerst kommt, indem man sie von rechts nach links Buchstabe für Buchstabe vergleicht. Ein Buchstabe ist kleiner als ein anderer, wenn er diesem im Alphabet vorausgeht, und das Leerzeichen ist kleiner als jeder Buchstabe.

Unter den Teilmengen einer Menge kann man eine Ordnung einführen, indem man *A* kleiner oder gleich *B* nennt, wenn *A* eine Teilmenge von *B* ist ($A \subset B$). Die Relation ⊂ (»ist enthalten in«) ist zwar eine Ordnungsrelation, aber nicht alle Elemente sind vergleichbar: Welche von zwei Mengen, die keine Elemente gemeinsam haben, ist die größere? Eine solche Ordnung heißt *Halbordnung*.

Eine total geordnete Menge stellt man am besten »in der natürlichen Reihenfolge« dar: von klein nach groß oder, formal ausgedrückt, so, dass *a* links von *b* steht genau dann, wenn $a \leq b$ ist. So macht man das mit den natürlichen Zahlen, wenn man sie als {0, 1, 2, 3, …} hinschreibt, oder mit den reellen Zahlen, wenn man sie durch die orientierte Zahlengerade wiedergibt.

Das gelingt allerdings nicht immer. Nehmen wir die unendliche Menge $M = \{1, 1/2, 1/3, 1/4, \ldots, 1/n, \ldots\}$. *M* hat kein kleinstes Element! Mit welchem Element soll man anfangen, wenn man *M* in »natürlicher« Ordnung hinschreiben will? (In unserer Definition haben wir notgedrungen *M* »verkehrt herum« niedergeschrieben.)

Um »ordentliche« Mengen wie $\mathbb{N}$ von »unordentlichen« wie *M* zu unterscheiden, hat man den Begriff der Wohlordnung eingeführt. Eine Menge ist *wohlgeordnet*, wenn sie total geordnet ist und jede nichtleere Teilmenge von ihr ein kleinstes Element besitzt (oder, äquivalent hierzu, wenn es keine streng monoton fallende unendliche Folge aus Elementen dieser Menge gibt). Anders ausgedrückt: Man kann alle Elemente – oder auch nur die Elemente einer Teilmenge – einer wohlgeordneten Menge in einer Liste festhalten, und alle Listen haben einen Anfang.

Die Menge $\mathbb{N}$ ist wohlgeordnet, die Menge $\mathbb{R}$ nicht, jeweils in Bezug auf die übliche Ordnung. Mit Hilfe des Auswahlaxioms kann man den Satz von Zermelo beweisen: Auf jeder Menge existiert eine Wohlordnung.

Oft gibt es Gelegenheit, verschiedene geordnete Mengen miteinander zu vergleichen. Ein Bibliothekar ist genau dann glücklich, wenn die Aufreihung der Bücher im Regal ihrer Ordnung im Katalog entspricht. Zwei total geordnete Mengen heißen vom gleichen Typ, wenn es eine Bijektion *f* von der einen auf die andere gibt, welche die Ordnung erhält: Aus $x \leq y$ folgt $f(x) \leq f(y)$.

Die Mengen {…, 3, 2, 1, 0} und {0, 1, 2, 3, …} haben in diesem Sinne nicht denselben Ordnungstyp, da die erste Menge kein erstes Element hat. Dagegen haben $\mathbb{N}$ und die Menge $P = \{0, 2, 4, \ldots\}$ der geraden natürlichen Zahlen denselben Ordnungstyp (denn sie sind durch die ordnungserhaltende Bijektion $n \mapsto 2n$ miteinander verbunden).

Man unterscheidet verschiedene Arten von Ordnungen: die *diskrete* Ordnung (diejenige von $\mathbb{N}$), die *dichte* Ordnung (die von $\mathbb{Q}$) und die *kontinuierliche* (diejenige von $\mathbb{R}$).

Alltag werden der kardinale und der ordinale Aspekt einer Menge meist in einen Topf geworfen; allenfalls unterscheidet man die Ordinalzahl 3 von der Kardinalzahl (»Anzahl«) 3, indem man die entsprechende Abzählung ausspricht: erstens, zweitens, drittens.

Die Lage ändert sich radikal, wenn das Unendliche ins Spiel kommt. Das bemerkenswerteste Kennzeichen einer unendlichen wohlgeordneten Menge ist, dass man ihre Ordnungszahl durch eine einfache Umordnung ihrer Elemente verändern kann.

Wir bezeichnen mit ω (»omega«) die Ordinalzahl der wohlgeordneten Menge $\mathbb{N} = \{0, 1, 2, 3, \ldots\}$.

Die wohlgeordnete Menge $\mathbb{N}^* = \{1, 2, 3, \ldots\}$ hat dieselbe Ordinalzahl ω (die Bijektion $n \mapsto n+1$ von $\mathbb{N}$ auf $\mathbb{N}^*$ erhält die Ordnung).

Aber die Ordnungszahl von $\{1, 2, 3, \ldots, 0\}$ ist echt größer als die Ordnungszahl ω von $\{1, 2, 3, \ldots\}$. Die Ordnungszahl ω von $\{1, 2, 3, \ldots\}$ ist echt kleiner als diejenige von $\{1, 3, 4, \ldots, 2\}$.

Offensichtlich ist ω echt größer als alle endlichen Ordnungszahlen: $n < \omega$ für $n = 1, 2, 3, \ldots$. ω ist die erste transfinite Ordnungszahl; sie kommt nach allen endlichen Ordnungszahlen.

Die Stufenleiter der Ordinalzahlen

Wir verfügen bereits über folgende Ordinalzahlen: $0, 1, 2, 3, \ldots, \omega$. Wie geht es weiter?

Wir schreiben $\omega + 1$ für den unmittelbaren Nachfolger von ω; ein Repräsentant für diese Ordinalzahl ist die wohlgeordnete Menge $\{1, 3, 4, 5, \ldots, 2\}$. (Erinnern wir uns, dass eine Liste wie diese eine Ordnungsrelation impliziert: Von zwei Elementen der Liste ist dasjenige das kleinere, das weiter links in der Liste steht. Für das obige Beispiel heißt das: 2 ist größer als jede natürliche Zahl; im Übrigen gelten die gewohnten Ordnungsrelationen.)

Man bestätigt leicht, dass $\omega < \omega + 1$ gilt.

Was geschieht, wenn man am Anfang der Liste ein Element einfügt? Anders gesagt: Wie groß ist die Ordinalzahl $1 + \omega$, repräsentiert durch $\{$Jennifer Aniston, $0, 1, 2, \ldots\}$? (Wobei man als hinzuzufügendes Element anstelle von Jennifer Aniston einen beliebigen »Gegenstand unserer Anschauung oder unseres Denkens« verwenden kann.)

Die Bijektion Jennifer Aniston $\mapsto 0$, $n \mapsto n+1$ macht klar, dass unsere links erweiterte Menge denselben Ordnungstyp hat wie $\mathbb{N} = \{0, 1, 2, 3, \ldots\}$. Daraus folgt, dass $1 + \omega = \omega$ ist. Insbesondere ist $1 + \omega \neq \omega + 1$. Die Addition unter Ordinalzahlen ist nicht kommutativ. Aber das ist nur der Anfang! Einige andere Regeln werden ebenfalls außer Kraft gesetzt (siehe Kasten oben).

Die Arithmetik der transfiniten Ordinalzahlen

Die üblichen Gesetze in der Arithmetik der natürlichen Zahlen lauten:

Kommutativgesetze:
$a + b = b + a$
$ab = ba$

Assoziativgesetze:
$a + (b+c) = (a+b) + c$
$a(bc) = (ab)c$

Distributivgesetze:
$(a+b)c = ac + bc$
$(b+c)a = ba + ca$

Potenzgesetze:
$a^b \, a^c = a^{b+c}$
$a^c \, b^c = (ab)^c$
$(a^b)^c = a^{bc}$

Sind a, b, c transfinite Ordinalzahlen, so gelten nur noch die grün geschriebenen Gesetze.

Der Nachfolger von $\omega + 1$ ist $\omega + 2$; ein Repräsentant hierfür ist $\{1, 3, 5, 6, \ldots, 2, 4\}$. Analog definiert man weitere unendliche Ordinalzahlen $\omega + 3, \omega + 4, \ldots, \omega + n$.

Welche Ordinalzahl folgt auf die unendliche Folge der Ordinalzahlen $\omega, \omega + 1, \omega + 2, \ldots$? Ein Repräsentant für diese Zahl ist die wohlgeordnete Folge $\{1, 3, 5, \ldots, 2, 4, 6, \ldots\}$. Die beiden Teilfolgen $\{1, 3, 5, \ldots\}$ und $\{2, 4, 6, \ldots\}$ haben denselben Ordnungstyp, der durch die Ordinalzahl ω ausgedrückt wird. Da hier einfach zwei Exemplare der Ordinalzahl ω aufeinander folgen, ist es nahe liegend, den Ordnungstyp von $\{1, 3, 5, \ldots, 2, 4, 6, \ldots\}$ mit $\omega \cdot 2$ zu bezeichnen. Der Anfang unserer Stufenleiter sieht somit jetzt so aus: $0, 1, 2, \ldots, \omega, \omega + 1, \omega + 2, \ldots, \omega \cdot 2$.

Man sieht, dass man zur Konstruktion der Ordnungszahlen zwei Hilfsmittel verwenden kann: den Nachfolger nehmen und zum Grenzwert übergehen (in einem noch zu präzisierenden Sinne). Jedenfalls sind ω und $\omega \cdot 2$ die Grenzwerte der Folgen der ihnen jeweils vorangehenden Ordinalzahlen.

Warum kann man $\omega \cdot 2$ nicht als $2 \cdot \omega$ schreiben? Wir wissen, dass $\omega = 1 + \omega = 2 + \omega = \ldots = n + \omega$ ist; ein Grenzübergang zeigt uns, dass $\omega = 2 \cdot \omega$ sein muss (während $\omega < \omega \cdot 2$ ist).

Nichts hindert uns daran fortzufahren. $\omega \cdot 2$ hat die Nachfolger $\omega \cdot 2 + 1$, $\omega \cdot 2 + 2$, $\omega \cdot 2 + 3$, … Und was weiter? Natürlich $\omega \cdot 3$! Dann kommen $\omega \cdot 3 + 1, \omega \cdot 3 + 2, \ldots, \omega \cdot 4, \ldots, \omega \cdot 5, \ldots, \omega \cdot n, \ldots$ und so weiter bis zu ω^2.

Sie möchten einen Repräsentanten für ω^2 sehen? Nichts einfacher als das: $\{1, 3, 5, 7, \ldots, 2, 6, 10, 14, \ldots, 4, 12, 20, 28, \ldots, 8, 24, 40, 56, \ldots, 2^n, 3 \cdot 2^n, 5 \cdot 2^n, 7 \cdot 2^n, \ldots\}$.

Warum auf halbem Wege anhalten? Wir können nun alle Ordinalzahlen der Form $\omega^2 + \omega \cdot i_1 + i_0$ bilden, wobei i_1 und i_0 zwei endliche Ordinalzahlen sind. Indem wir die Schritte, die von 0 zu ω^2 geführt haben, wiederholen, erhalten wir die Ordinalzahlen von ω^2 bis $\triangleright$

WOHLORDNUNG

Das Paradoxon von Burali-Forti

1. Jede wohlgeordnete Menge definiert eine Ordinalzahl.

2. Jedes Intervall von Ordinalzahlen (das heißt, jede Menge von Ordinalzahlen, die gemäß der natürlichen Ordnung angeordnet ist, sodass zu jedem Element dessen sämtliche Vorgänger in der Menge sind) definiert eine Ordinalzahl, die strikt größer ist als jede Ordinalzahl, die zu einem ihrer Intervalle gehört.

3. Die Menge M aller Ordinalzahlen ist wohlgeordnet.

Gemäß (3) und (1) definiert M eine Ordinalzahl α. Die Ordinalzahl α gehört zu M. Nach (2) gilt: $\alpha < \alpha$. Widerspruch!

Cesare Burali-Forti (1861–1931), der Entdecker des nach ihm benannten Paradoxes, war Assistent von Giuseppe Peano. Damit endete bereits seine akademische Karriere, weil er sich nach der ersten Ablehnung nie wieder auf eine Professur bewarb.

zu $\omega^2 \cdot 2$, dann diejenigen von $\omega^2 \cdot 2$ bis $\omega^2 \cdot 3$ und so weiter. Man bekommt $\omega^2 \cdot 4$, $\omega^2 \cdot 5$, ..., $\omega^2 \cdot n$, ... und dann alle Ordinalzahlen der Form $\omega^2 \cdot i_2 + \omega \cdot i_1 + i_0$, wobei i_2, i_1 und i_0 drei endliche Ordinalzahlen sind. Die kleinste Ordinalzahl, die größer ist als alle angegebenen, ist ω^3. Und dann geht es weiter: $\omega^3 + 1$, ..., $\omega^3 \cdot 2$, ..., ω^4, ω^5, ω^6, ... Schließlich endet man bei ω^ω.

Schwindel erregend! Es ist Zeit, tief durchzuatmen. Machen wir eine kleine Pause und studieren wir eine bemerkenswerte totale Ordnungsrelation auf $\mathbb{N}$, die eine Wohlordnung liefert.

Die Primzahlen treten auf

Jede natürliche Zahl n außer 0 und 1 lässt sich bis auf die Reihenfolge der Faktoren eindeutig in ein Produkt von Primzahlen zerlegen:

$$n = 2^a \cdot 3^b \cdot 5^c \cdot 7^d \cdots$$

mit natürlichen Zahlen a, b, c, d, ... Wir verabreden, dass wir in dieser Darstellung die Primzahlen stets in ansteigender Abfolge notieren. Dann kann man eine Wohlordnung auf $\mathbb{N}$ mit Hilfe der umgekehrten lexikografischen Ordnung definieren. Betrachten wir dazu ein Beispiel, nämlich den Vergleich von 24472 mit 2693944. Es gilt:

$$24472 = 2^3 \cdot 3^0 \cdot 5^0 \cdot 7^1 \cdot 11^0 \cdot 13^0 \cdot 17^0 \cdot 19^1 \cdot 23^1$$

und

$$2693944 = 2^3 \cdot 3^0 \cdot 5^0 \cdot 7^0 \cdot 11^4 \cdot 13^0 \cdot 17^0 \cdot 19^0 \cdot 23^1.$$

Wir stellen nun jede natürliche Zahl durch die Folge der Exponenten an den Primzahlen dar, im Beispiel: 24472 = (3, 0, 0, 1, 0, 0, 0, 1, 1, 0, ...), 2693944 = (3, 0, 0, 0, 4, 0, 0, 0, 1, 0, ...). Zum Vergleich zweier Zahlen lesen wir die zugehörigen »Wörter« (Exponentenfolgen), allerdings von rechts nach links (daher die Bezeichnung »umgekehrte lexikografische Ordnung«). Im Beispiel ist der letzte Exponent ungleich Null in beiden Fällen derselbe, nämlich der von 23, also bringt der Exponent von 19 die Entscheidung: 2693944 ist kleiner als 24472!

Mit dieser Wohlordnung erhält man folgende Reihenfolge für die natürlichen Zahlen:

1, 2, 2^2, 2^3, 2^4, 2^5, ..., 3, $3 \cdot 2$, $3 \cdot 2^2$, $3 \cdot 2^3$, $3 \cdot 2^4$, ..., 3^2, $3^2 \cdot 2$, $3^2 \cdot 2^2$, $3^2 \cdot 2^3$, $3^2 \cdot 2^4$, ..., 3^3, $3^3 \cdot 2$, $3^3 \cdot 2^2$, $3^3 \cdot 2^3$, $3^3 \cdot 2^4$, ..., 3^k, $3^k \cdot 2$, $3^k \cdot 2^2$, $3^k \cdot 2^3$, $3^k \cdot 2^4$, ..., 5, $5 \cdot 2$, $5 \cdot 2^2$, $5 \cdot 2^3$, $5 \cdot 2^4$, ..., $5 \cdot 3$, $5 \cdot 3 \cdot 2$, $5 \cdot 3 \cdot 2^2$, $5 \cdot 3 \cdot 2^3$, $5 \cdot 3 \cdot 2^4$, ...

Diese mit Primzahlen konstruierte Ordnung besitzt folgenden Vorteil: Jede Ordinalzahl, die kleiner als ω^ω ist, lässt sich mit ihr mit Hilfe von natürlichen Zahlen ungleich Null erfassen.

Zudem erhält man für jede Ordinalzahl eine wohlgeordnete Folge, die eben diese Ordinalzahl repräsentiert. Und zwar ordnet man der Ordinalzahl 0 die Eins zu. Weiter geht die Zuordnung: $1 \mapsto 2$, $2 \mapsto 2^2$, $3 \mapsto 2^3$, ..., $n \mapsto 2^n$, ..., $\omega \mapsto 3$, $\omega + 1 \mapsto 3 \cdot 2$, ..., $\omega \cdot 2 \mapsto 3^2$, $\omega \cdot 2 + 1 \mapsto 3^2 \cdot 2$, ..., $\omega \cdot k \mapsto 3^k$, ..., $\omega^2 \mapsto 5$, ..., $\omega^2 + k \mapsto 5 \cdot 2^k$, ..., $\omega^2 + \omega \mapsto 5 \cdot 3$, ... und so weiter.

Darüber hinaus hat jede Ordinalzahl, der die natürliche Zahl m zugeordnet ist, als Repräsentanten die wohlgeordnete Folge aller natürlichen Zahlen, die bezüglich der oben definierten Wohlordnung echt kleiner als m sind.

Zurück zur Stufenleiter

Wir waren bei ω^ω angelangt. Mit etwas Mut können wir unter Rückgriff auf alle Schritte, die uns von 0 bis ω^ω geführt haben, weitergehen zur Ordinalzahl $\omega^{\omega+1}$. Diese ist der Grenzwert von $\omega^\omega \cdot 2$, $\omega^\omega \cdot 3$, ..., $\omega^\omega \cdot k$, ... Einmal angeworfen, liefert unsere Maschine auch noch $\omega^{\omega+2}$, $\omega^{\omega+3}$, ..., $\omega^{\omega \cdot 2}$, ..., $\omega^{\omega \cdot 3}$, $\omega^{\omega \cdot 4}$, ..., $\omega^{\omega \cdot k}$, ..., ω^{ω^2}.

Der Motor geht durch. Man konstruiert nacheinander:

$$\omega^{\omega^3}, \omega^{\omega^4}, \ldots, \omega^{\omega^k}, \ldots, \omega^{\omega^\omega}.$$

Langsam wird es schwierig, diese gigantischen Ordinalzahlen zu drucken. Die Stapel der Exponenten werden immer höher:

$$\omega^{\omega^{\omega^\omega}}, \omega^{\omega^{\omega^{\omega^\omega}}}, \omega^{\omega^{\omega^{\omega^{\omega^\omega}}}}, \ldots$$

Wir schreiben mit gigantischen Schritten voran: Die kleinste Ordinalzahl, die größer ist als alle Ordinalzahlen in der von uns konstruierten Folge, ist noch Schwindel erregender (unendlich viele Sprossen in der Exponentenleiter). Nach Konstruktion ist diese Ordinalzahl, die mit ε_0 bezeichnet wird, die kleinste Ordinalzahl, welche die Gleichung $\omega^x = x$ erfüllt.

Jenseits von ε_0 beginnt das Abenteuer von vorne. Dort treffen wir auf die Ordinalzahl ε_0^ω, viel später dann auf $\varepsilon_0^{\varepsilon_0}$, $\varepsilon_0^{\varepsilon_0^\omega}$, $\varepsilon_0^{\varepsilon_0^{\varepsilon_0}}$. Schließlich finden wir die zweitkleinste Ordinalzahl, welche die Gleichung $\omega^x = x$ erfüllt. Man nennt sie ε_1.

Nach diesem Modell kann man die Konstruktion einer neuen Folge von Ordinalzahlen unternehmen: $\varepsilon_0, \varepsilon_1, \varepsilon_2, \ldots$ Als Grenzwert erreichen wir die Ordinalzahl ε_ω, welche nichts anderes ist als der Beginn einer neuen Folge mit den Gliedern $\varepsilon_{\varepsilon_0}, \varepsilon_{\varepsilon_1} \ldots$ Im Grenzwert erreichen wir die kleinste Ordinalzahl ζ_0, welche die Gleichung $\varepsilon_x = x$ erfüllt.

Ein kleiner Schritt weiter kostet nichts: $\zeta_0 + 1, \ldots$, aber auch ein gewaltiger Sprung nicht: ε_{ζ_0+1}. Ein Hypersprung führt zu $\varepsilon_{\varepsilon_{\zeta_0+1}}$, ein Hyperhypersprung ist nur – sagen wir – eine Bagatelle: ζ_1. Das ist die zweitkleinste Lösung der Gleichung $\varepsilon_x = x$. Dann kommen $\zeta_2, \zeta_3, \zeta_4$. Schließlich zeigt sich die Ordinalzahl ζ_ω und weit, weit dahinter $\zeta_{\varepsilon_0}, \zeta_{\zeta_0}, \zeta_{\zeta_1}$, ...; als Grenzwert tritt eine neue Ordinalzahl namens μ_0 in Erscheinung.

Das klingt alles schon sehr unendlich. Aber weit gefehlt! Bislang haben wir das Unendliche der Ordinalzahlen gerade mal angekratzt.

Denn ab μ_0 geht es wieder von vorne los. Alles kann von Neuem beginnen, bis die Buchstaben des griechischen Alphabets erschöpft sind, dann verbrauchen wir ein neues Alphabet, dessen Buchstaben mit Zahlen bis ω indiziert sind, schließlich kommt ein neues Alphabet an die Reihe, dessen Buchstaben bis zum ε_0-ten Buchstaben reichen. Und so weiter.

Tatsächlich sind alle Ordinalzahlen, die wir bislang induktiv (das heißt, indem wir den Nachfolger nahmen oder zum Grenzwert übergingen) gewonnen haben, lächerlich klein. Die wohlgeordneten Mengen, die diese

> **Aus dem Paradies, das Cantor uns geschaffen, soll uns niemand vertreiben können.** *David Hilbert, 1926*

Ordinalzahlen repräsentieren, sind sämtlich abzählbar!

Um weiterzukommen, müssen wir einen etwas anderen Standpunkt einnehmen. Wir bemerken mit John von Neumann, dass jede Ordinalzahl durch die Menge der ihr vorangehenden Ordinalzahlen repräsentiert wird.

Wir gehen von der Ordinalzahl 0 aus, die wir als bereits konstruiert ansehen (sie gehört zur leeren Menge, weil beide keinen Vorgänger besitzen). Dann konstruiert man schrittweise:

$1 = \{0\}, 2 = \{0, 1\}, 3 = \{0, 1, 2\}, \ldots,$
$\omega = \{0, 1, 2, 3, \ldots\},$
$\omega + 1 = \{0, 1, 2, \ldots, \omega\},$
$\omega + 2 = \{0, 1, 2, \ldots, \omega, \omega + 1\}, \ldots,$
$\omega \cdot 2 = \{0, 1, 2, \ldots, \omega, \omega + 1, \omega + 2, \ldots\}$

und so weiter.

Nun ist die Menge aller abzählbaren Ordinalzahlen eine überabzählbare Ordinalzahl, welche mit ω_1 bezeichnet wird. Diese Ordinalzahl ist wahrhaft monströs. Nach Definition ist ihre Kardinalität $\aleph_1$ (aleph-1); man weiß nicht, ob sie gleich der Mächtigkeit des Kontinuums ist (vergleiche »Das Kontinuum« auf S. 60). Und ω_1 ist, wohlgemerkt, keineswegs die letzte Ordinalzahl: Nach ω_1 kommt $\omega_1 + 1$! ◁

Auf der Suche nach der Perfektion

Eine Menge heißt perfekt, wenn sie gleich der Menge ihrer Häufungspunkte ist. Man gelangt zur Perfektion, indem man immer wieder Punkte wegnimmt – unendlich oft und noch einmal mehr, wenn es sein muss.

Ein Punkt x heißt Häufungspunkt einer Teilmenge M von $\mathbb{R}$, wenn in jedem offenen Intervall, das x enthält, ein von x verschiedener Punkt von M liegt. Anders gesagt, kann man sich x beliebig nähern, ohne M zu verlassen. Eine Menge M heißt abgeschlossen, wenn sie alle ihre Häufungspunkte enthält.

Die Menge M' aller Häufungspunkte einer abgeschlossenen Menge M heißt die von M abgeleitete Menge. Man hat also immer $M' \subset M$. Ist M identisch mit M' (also $M = M'$), so nennt man M perfekt.

In Cantors Augen waren die perfekten Mengen geeignete Kandidaten, um das ▷

RICHARDS PARADOX

korrekt. Man muss sie nur geringfügig nachbessern, um ihre Zirkularität zu beheben. Sie entspricht vor allem unserem intuitiven Verständnis; wie sollte man anders ausdrücken, dass die Zahl 2 die logische Fiktion ist, welche ein Paar Schuhe mit einem Taubenpärchen in Beziehung setzt?

Peanos Lösung des Richard'schen Paradoxes verläuft über die Formalisierung der Sprachen. Ein Begriff ist definierbar nur in Bezug auf ein bestimmtes Vokabular und eine bestimmte Menge von Wortbildungsregeln. Man muss stets von der Definierbarkeit bezüglich eines Korpus C sprechen. Und was es heißt, »definierbar in Bezug auf den Korpus C« zu sein, kann man niemals in Bezug auf den Korpus C definieren. Über eine Sprache in dieser Sprache selbst zu sprechen, ist niemals zulässig – das darf man nur in einer »Metasprache«. So werden die Mehrdeutigkeiten und die Widersprüche, welche die Umgangssprache erzeugt, beseitigt.

Für Peano gehört daher »das Beispiel von Richard nicht in die Mathematik, sondern in die Linguistik«. Sein Prinzip aber, dass man in einer Sprache nicht über die Sprache selbst sprechen dürfe, sondern dies in einer Metasprache tun müsse, wurde in den 1930er Jahren durch Kurt Gödel über den Haufen geworfen. Sein Unvollständigkeitssatz läuft auf die Aussage hinaus, dass eine Sprache gar nicht vermeiden kann, über sich selbst zu sprechen, selbst wenn sie so wortkarg ist wie die Theorie der natürlichen Zahlen.

Nach Richard

In der Nachfolge von Richards Paradox tauchten neue Antinomien auf. Wir führen hier nur drei von ihnen auf, die sich besonders griffig formulieren lassen:

▶ Beim Paradox von Berry geht es um die kleinste natürliche Zahl, die sich nicht mit weniger als hundert Worten definieren lässt.

Diese Zahl N muss existieren. In der Tat ist das verfügbare Vokabular endlich. Aus höchstens hundert Worten kann man nur endlich viele Sätze bilden. Die meisten dieser Sätze ergeben keinen Sinn und definieren vor allem keine natürliche Zahl. Also gibt es notwendigerweise natürliche Zahlen, die sich nicht mit weniger als hundert Worten definieren lassen. Unter ihnen gibt es gewiss eine kleinste.

Die Zahl N kann nicht existieren. Denn ihre Definition als »kleinste Zahl N, die sich nicht mit weniger als hundert Worten definieren lässt« enthält selbst weniger als hundert Worte.

▶ Das Paradox von Grelling betrifft Adjektive, die Eigenschaften beschreiben. Einige unter ihnen besitzen die seltene Eigenschaft, die Eigenschaft, die sie beschreiben, selbst aufzuweisen. Beispiele hierfür sind »kurz«, »dreisilbig« oder »deutsch«. Bezeichnen wir diese Adjektive als »autolog« und alle anderen Adjektive als »heterolog«. Die überwiegende Mehrzahl der Adjektive gehört zur letzten Gruppe; Beispiele sind »lang«, »einsilbig« und »grün«.

Ist das Adjektiv »heterolog« heterolog? Wenn ja, dann besitzt es die Eigenschaft, die es bezeichnet, und ist deshalb autolog. Ist »heterolog« dagegen autolog, so besitzt es nicht die von ihm bezeichnete Eigenschaft und ist folglich heterolog. Aber ein Adjektiv kann nicht zugleich heterolog und autolog sein. Der Widerspruch ist offenkundig.

▶ Das Paradox von den »interessanten« natürlichen Zahlen ist besonders verzwickt. Wir nennen eine natürliche Zahl interessant, wenn sie eine auffallende Eigenschaft hat: »Primzahl«, »Summe zweier Quadratzahlen«, »Schnapszahl aus lauter gleichen Ziffern« und so weiter. Nun betrachten wir die kleinste natürliche Zahl, die nicht interessant ist. Das ist zweifellos eine interessante Zahl.

Dieses Paradoxon ist auflösbar. Jede nichtleere Teilmenge der natürlichen Zahlen besitzt ein kleinstes Element. Da die Menge der uninteressanten Zahlen kein kleinstes Element besitzt, muss sie leer sein. Anders gesagt: Alle natürlichen Zahlen sind interessant, eine Auffassung übrigens, von der die Mathematiker zutiefst überzeugt sind.

Alle diese Paradoxa sind mit dem ältesten Widerspruch dieser Art, dem Paradox des Epimenides, verwandt. Epimenides der Kreter versichert: »Alle Kreter lügen.« Lügt er, sagt er die Wahrheit, und umgekehrt.

In seinem Buch »The foundations of mathematics« (1925) hat Frank Ramsey (1903–1930) als Erster eine Einteilung der logischen Paradoxa in zwei unterschiedliche Klassen vorgenommen: die einen haben die Zugehörigkeit eines Elements zu einer Menge zum Gegenstand (siehe »Der Albtraum des Bibliothekars«, S. 43), die anderen den Begriff der Wahrheit (zum Beispiel das Paradox des Epimenides).

Bertrand Russell (siehe auch S. 46) hat behauptet, dass alle Paradoxa dieselbe Wurzel haben, nämlich die Verletzung des Prinzips der Zirkelfreiheit, nach welchem keine Gesamtheit Individuen enthalten darf, die erst durch die Gesamtheit definiert werden können.

Stimmt das? Darauf gibt es keine definitive Antwort. Liegt der Charme der Paradoxa nicht gerade darin, dass sie eine unerschöpfliche Quelle für das Fragen, Staunen und Nachdenken bilden?

▲ Ob Einhorn, Hydra oder der Mann mit Kranichkopf und -hals – all diese Fabelwesen sind zwar durch ihre Eigenschaften eindeutig bestimmt. Dennoch existieren sie nicht: Die Menge der realen Gegenstände, auf welche die genannten Eigenschaften zutreffen, hat nicht nur kein kleinstes Element, sondern gar keins.

Der Albtraum des Bibliothekars

Der Widerspruch, der die Grundlagen der Mathematik erschütterte, ist für sich genommen klein und endlich.

Von Francis Casiro

Betrachten wir die Menge M aller Mengen x, die sich nicht selbst als Element enthalten; in einer Formel ausgedrückt: $M = \{x \mid x \notin x\}$. Enthält M sich selbst als Element?

Das wäre zu schreiben als $M \in M$. Also gehört M nicht zu den x, für die gilt $x \notin x$, also ist M kein Element von M: $M \notin M$. Widerspruch!

Ein gleichartiger Widerspruch tut sich auf, wenn man statt von $M \in M$ von der Annahme $M \notin M$ ausgeht.

Was hier auf den ersten Blick so aussieht wie eine leicht bösartige Spielerei mit Worten, ist die berüchtigte Russell'sche Antinomie, welche die Grundlagen der Mathematik erschütterte. Ihr Entdecker Bertrand Russell (1872–1970) sowie Alfred North Whitehead (1861–1947), beide Mathematiker und Philosophen, suchten in ihren »Principia mathematica« (1910–1913) einen Ausweg aus dieser Grundlagenkrise und fanden ihn in der so genannten Typentheorie.

Aussagen der Form $x \in x$ werden schlicht verboten. Damit nehmen Russell und Whitehead in Kauf, dass es eine unendliche Hierarchie von Sprachebenen geben muss: In der untersten Sprachebene macht man Aussagen über die Welt der gewöhnlichen Dinge. Aussagen über Aussagen dieser Ebene gehören zu einer höheren Ebene (Metaebene), und so weiter.

Es ist äußerst merkwürdig: Das Paradox, das die Grundlagenforscher zu solch »unendlichen« Anstrengungen zwingt, ist für sich genommen klein und endlich. Um es zu formulieren, braucht man keine Unendlichkeit, noch nicht einmal die milde Unendlichkeit der natürlichen Zahlen. Eine beliebte Verkleidung ist die Geschichte von dem Dorfbarbier, der definiert ist als derjenige Dorfbewohner, der alle Dorfbewohner rasiert, die sich nicht selbst rasieren. Rasiert der Barbier sich selbst?

Typentheorie

Oder eben die Geschichte vom pingeligen Bibliothekar. Seine Bibliothek enthält lauter Bücher, darunter auch Kataloge; das sind spezielle Bücher, die auf andere Bücher verweisen. Es kommt vor – wenn auch selten –, dass ein Katalog auf sich selbst verweist. Unser Bibliothekar verfällt nun auf die sonderbare Idee, den Katalog zu erstellen, der alle Kataloge enthält, welche nicht auf sich selbst verweisen.

Soll er in diesem neuen Katalog – nennen wir ihn K – den Katalog K aufführen?

Wenn K auf sich selbst verweist, dann gehört er nicht zu den Katalogen, die in K aufgeführt werden sollen. Also soll K nicht in K aufgeführt werden. Dann aber gehört K zu der Klasse der Kataloge, die in K aufzuführen sind … Und wieder haben wir einen unauflöslichen Widerspruch.

Nach einigen Minuten des Nachdenkens kam der Bibliothekar auf eine gute Idee. Er nennt seinen neuen Katalog nicht mehr ein Buch oder auch nur einen Katalog, sondern einen »Katalog zweiter Ordnung« mit der Maßgabe, dass ein Katalog n-ter Ordnung nur Kataloge von höchstens $(n–1)$-ter Ordnung erwähnen darf. Das ist die Typentheorie in anderem Gewand.

▼ Soll der Katalog aller Kataloge, die nicht auf sich selbst verweisen, auf sich selbst verweisen? Oder nicht?

Das Paradox der Biografie

Falls die Zukunft unendlich ist, kann man ihre Tage bijektiv auf die Menge der natürlichen Zahlen abbilden. Die Zuordnung $n \mapsto 365n$ bietet Schriftstellern viele Möglichkeiten ...

Von Julien Linassier

Unter der Voraussetzung, dass die Zukunft unendlich ist, hat der Mathematiker und Philosoph Bertrand Russell (1872–1970) folgendes Paradoxon erfunden, das sich auf den 1760 erschienenen Roman »The Life and Opinions of Tristram Shandy, Gentleman« bezieht. Russell schreibt:

»Tristram Shandy verbrachte bekanntlich zwei Jahre damit, die Geschichte der ersten beiden Tage seines Lebens niederzuschreiben. Er beklagte, dass sich auf diese Weise die Themen schneller anhäuften, als er sie abarbeiten könne, und er folglich niemals fertig werden würde. Ich behaupte jedoch: Wenn er ewig leben und sein Vorhaben niemals aufgeben würde, würde kein Teil seines Lebens unbeschrieben bleiben, selbst wenn jeder seiner Tage so ereignisreich wäre wie die ersten beiden.«

Nehmen wir an, Shandy sei am 1. Januar 1700 geboren und habe am 1. Januar 1720 zu schreiben begonnen. Das erste Jahr brauchte er, um den ersten Tag seines Lebens, den 1. Januar 1700, zu beschreiben. Sein Arbeitsplan sähe dann so aus:

Jahr 1720 ↦ Ereignisse des 1. Januar 1700
Jahr 1721 ↦ Ereignisse des 2. Januar 1700
Jahr 1722 ↦ Ereignisse des 3. Januar 1700
Jahr 1723 ↦ Ereignisse des 4. Januar 1700
Jahr 1724 ↦ Ereignisse des 5. Januar 1700
Jahr 1725 ↦ Ereignisse des 6. Januar 1700
Jahr 1726 ↦ Ereignisse des 7. Januar 1700
Jahr 1727 ↦ Ereignisse des 8. Januar 1700
...

Jedem Tag ist ein Jahr zugeordnet. Würde der unsterblich gewordene Shandy heute noch schreiben, also um das Jahr 2000 herum, so wäre er bei den Ereignissen vom Herbst 1700; die Ereignisse unserer Zeit würde er um das Jahr 106 846 herum schriftlich niederlegen. Es gibt keinen einzigen Tag, dem nicht auf die angegebene Art und Weise ein Jahr in der Zukunft zugeordnet werden könnte. Also wird in der Tat »kein Teil seines Lebens unbeschrieben bleiben«.

Natürlich gerät Shandy mit seiner Niederschrift immer mehr in Rückstand. Mit jedem Jahr, das er schreibend verbringt, hat er sich um 364 Jahre mehr von dem Tag, den er in seiner Niederschrift erreicht hat, entfernt. Aber das macht nichts, denn er hat ja noch alle Zeit der Welt.

Das Finanzamt braucht ein Jahr, um den Posteingang eines Tages aufzuarbeiten? Das Jüngste Gericht wägt ein volles Jahr lang die guten Taten und die Sünden der Toten eines einzigen Tages? Nur Geduld, arme Seele. Der Bescheid und das Urteil kommen in endlicher Zeit. Und was ist schon eine endliche Zeit, *sub specie aeternitatis*?

Das Paradox von John Littlewood

Der Mathematiker John Littlewood (1885–1977) bringt in seinem wunderbaren Büchlein »Littlewood's miscellany« ein ähnliches Paradox. In eine Urne werden Kugeln mit den Nummern 1, 2, 3, ... nach folgendem Verfahren gelegt: Eine Minute vor Mitternacht werden die Kugeln 1 bis 10 in die Urne gelegt und die Kugel 1 wieder entnommen. Eine halbe Minute vor Mitternacht werden die Kugeln 11 bis 20 in die Urne gelegt und die Kugel 2 entnommen. Die Kugeln 21 bis 30 werden eine dritte Minute vor Mitternacht eingelegt, die Kugel 3 entnommen, und so weiter. Wie viele Kugeln sind um Mitternacht in der Urne?

Antwort: Gar keine. Sehen Sie, warum? ◁

Bertrand Russell (1872–1970) war nicht nur Mathematiker und Philosoph, sondern auch ein engagierter Pazifist (Bild von 1916).

LITERATUR

Leben und Meinungen von Tristram Shandy, Gentleman. Von Laurence Sterne. 7. Auflage, Insel, Frankfurt am Main 1996

Im Labyrinth des Denkens. Von William Poundstone. Rowohlt Taschenbuch Verlag, Reinbek 1995

The princples of mathematics. Von Bertrand Russell. Routledge, Oxford 1992

Human knowledge. Its Scope and Limits. Von Bertrand Russell. Routledge, Oxford 1994

Sind Sie sicher?

Paradoxien gibt es nicht nur im Unendlichen. Die ganz gewöhnliche Beschränktheit des menschlichen Geistes führt denselben auf Widersprüche – wenn er ehrlich ist.

Von Daniel Barthe

Ein Gehirn ist keine unendliche Maschine. Insbesondere kann jeder Mensch nur an eine endliche Anzahl von Aussagen glauben. Daraus ergibt sich das folgende Paradox, das auf den Logiker und Philosophen Raymond Smullyan zurückgeht.

Stellen wir uns einen bestimmten Menschen vor und bezeichnen die Aussagen, von denen er absolut überzeugt ist, mit $p_1, p_2, \ldots p_n$. Unbegründete Vermutungen, Glaubenssätze, Meinungen und blasse Ahnungen sollen in unserer Liste nicht berücksichtigt werden.

Unser Mensch ist sich also sicher, dass die n Aussagen $p_1, p_2, \ldots p_n$ wohlbegründet sind. Nur: Wenn er sich nicht hoffnungslos überschätzt (oder der Papst ist), kann er von seiner Unfehlbarkeit nicht ernstlich überzeugt sein. Irren ist menschlich. Die intellektuelle Ehrlichkeit zwingt unseren Menschen zu dem Eingeständnis, dass mindestens eine der Aussagen $p_1, p_2, \ldots p_n$ nicht zutrifft. Folglich gehört die Aussage »Eine der Aussagen der Liste ist falsch« zur Liste dazu.

Dann aber hat unser Mensch ein Problem. Ist diese Aussage selbst falsch, widerspricht sie sich, weil sie angeblich eine Gewissheit ist. Ist sie wahr, so ist eine andere Gewissheit der Liste falsch. In beiden Fällen enthält sein logisches System einen Widerspruch. Da das für jeden Menschen gilt, folgt unvermeidlich: Wir alle sind logisch inkonsistent.

Raymond Smullyan glaubt tatsächlich, dass ein vernünftiger, bescheidener Mensch inkonsistent ist. Das ist eine seiner Gewissheiten. Im Übrigen hält er sich selbst für einen vernünftigen, bescheidenen Menschen.

Eine letzte Anmerkung: Könnte $n=1$ sein? Das wäre die Haltung: »Meine einzige Gewissheit ist, dass es keine Gewissheiten gibt.« Oder: »Man kann sich niemals sicher sein.«

Nun fragt sich, ob die Aussage »›Meine einzige Gewissheit ist, dass es keine Gewissheiten gibt‹ ist eine meiner Gewissheiten« eine Gewissheit ist oder eine Meta-Gewissheit. ◁

Cantors Diagonale

Die verstörendsten Aussagen der modernen Mathematik beruhen sämtlich auf einem einzigen Argument: Das Cantor'sche Diagonalverfahren zwingt uns anzuerkennen, dass es – mindestens – zwei Sorten der Unendlichkeit gibt: das Abzählbare und das Überabzählbare.

Von Hervé Lehning

Es geht einem nicht leicht in den Kopf, dass es von den rationalen Zahlen, die doch die Zahlengerade an jeder Stelle dicht belegen, nicht mehr geben soll als von den natürlichen Zahlen. Aber beide Mengen sind »gleich groß«: Es gibt eine Bijektion zwischen ihnen (vergleiche den Beitrag »Die rationalen Zahlen sind abzählbar«, S. 53).

Von den reellen Zahlen soll es dagegen viel mehr geben als von den rationalen. Wie kann das sein? Wir haben durch einen Widerspruchsbeweis gezeigt, dass Wurzeln wie zum Beispiel $\sqrt{2}$ nicht rational sind. Also muss man die rationalen Zahlen noch um die Wurzeln ergänzen und hat die reellen?

Weit gefehlt! Wurzeln, genauer: algebraische Zahlen, sind Lösungen algebraischer Gleichungen mit ganzzahligen Koeffizienten. Wir repräsentieren jede Wurzel durch die Koeffizienten der zugehörigen Gleichung plus eine Nummer, denn eine algebraische Gleichung hat im Allgemeinen mehrere Lösungen. Das sind endlich viele ganze Zahlen, sagen wir fünf Stück. Alle möglichen Kombinationen von fünf ganzen Zahlen ordnen wir in einer »Tabelle« an. Die hat zwar fünf Dimensionen statt der zwei Dimensionen einer gewöhnlichen Tabelle. Aber analog zu dem auf S. 53 angeführten Spiralweg findet man einen Schlangenweg, der sich durch alle fünf Dimensionen windet, ohne einen Tabelleneintrag auszulassen. Damit haben wir alle Wurzeln abgezählt, die Lösungen von algebraischen Gleichungen dritten Grades sind.

Nun gibt es jedoch algebraische Gleichungen beliebig hohen Grades. Aber das macht nichts. Wir bringen die Lösungen aller Gleichungen n-ten Grades in dem unendlichen Hotel Cantor n der Cantor-Hotelkette unter (siehe »Das Hotel Hilbert«, S. 76). In der nächsten Nacht ziehen die Gäste aller Cantor-Hotels nach dem ebenfalls dort beschriebenen

Georg Cantor (1845–1918), Professor in Halle, gilt als der Begründer der modernen Mengenlehre. Seine neuen Erkenntnisse widersprachen nicht nur seinen eigenen bisherigen Überzeugungen, sondern konnten sich wegen heftigen Widerstands unter den Fachkollegen auch nur mühsam durchsetzen.

Verfahren ins Hotel Hilbert um, wo sie sämtlich Platz finden, und siehe da: Alle algebraischen Zahlen sind abzählbar.

Nimmt man von den reellen Zahlen die abzählbar vielen algebraischen (einschließlich der rationalen) weg, dann bleiben immer noch überabzählbar viele übrig. Die reellen Zahlen »merken den Verlust gar nicht«. Das gilt auch dann noch, wenn man ihnen bekannte nichtalgebraische (»transzendente«) Zahlen wie π, e und deren sämtliche algebraische Vielfache wegnimmt. Die Menge aller Zahlen, die man in einer Formel oder einer Prosabeschreibung mit endlich vielen Zeichen definieren kann, ist abzählbar. Beweis wie oben, nur treten an die Stelle der Koeffizientenfolgen alle endlich langen Zeichenfolgen.

Die große Masse der reellen Zahlen, gegen die alle Zahlen, die wir irgendwie kennen (weil wir sie mit endlich vielen Gedanken begrifflich erfassen), eine belanglose, verschwindende Minderheit sind: Das sind die Namenlosen. Sie können keine Namen haben, denn die Namen wären unendlich lang! Aber immerhin haben sie eine Darstellung, nämlich im vertrauten Dezimalsystem. Beschränken wir uns der Übersichtlichkeit halber auf Zahlen zwischen 0 und 1 (ausschließlich). Jede dieser Zahlen ist darstellbar als Null Komma ... und dann eine unendliche Folge von Dezimalziffern. Dass diese Folge unendlich ist, liefert die wesentliche Handhabe für die Anwendung des Cantor'schen Diagonalverfahrens. Damit wiederum werden wir den entscheidenden Satz beweisen:

Die Menge $\mathbb{R}$ der reellen Zahlen ist überabzählbar. Das heißt, es gibt keine Bijektion zwischen $\mathbb{R}$ und $\mathbb{N}$, der Menge der natürlichen Zahlen.

Der Beweis ist nicht konstruktiv; er zeigt uns nur, dass die Annahme, es könnte eine solche Bijektion geben, auf einen Widerspruch führt. Er kann auch gar nicht konstruktiv sein, denn eine überabzählbare Menge kann man nicht konstruieren (im Gegensatz zu einer abzählbaren, für die uns das Mittel der Induktion zur Verfügung steht).

Das Diagonalargument

Wie es sich für einen Widerspruchsbeweis gehört, beginnen wir mit der Annahme, dass die Menge der reellen Zahlen zwischen 0 und 1 abzählbar sei. Es gebe also eine Bijektion von den natürlichen Zahlen auf das Intervall $]0, 1[$ oder, was dasselbe ist, eine Folge u_1, u_2, u_3, ... von reellen Zahlen mit der Eigenschaft, dass jede reelle Zahl zwischen 0 und 1 ein Element der Folge sei.

Jede reelle Zahl ist ein unendlicher Dezimalbruch, wobei man für die abbrechenden Dezimalbrüche gewisse Vorsichtsmaßnahmen ergreifen muss (Kasten unten). Schreiben wir die Elemente der Folge u_1, u_2, u_3, ... in dieser Form, so erhalten wir:

$$u_1 = 0, u_{11} u_{12} u_{13} u_{14} u_{15} ...$$
$$u_2 = 0, u_{21} u_{22} u_{23} u_{24} u_{25} ...$$
$$u_3 = 0, u_{31} u_{32} u_{33} u_{34} u_{35} ...$$
$$u_4 = 0, u_{41} u_{42} u_{43} u_{44} u_{45} ...$$
$$u_5 = 0, u_{51} u_{52} u_{53} u_{54} u_{55} ...$$

und so weiter. Jedes u_{ij} ist eine Dezimalziffer. Betrachten wir nun die Zahl

$$u = 0, u_{11} u_{22} u_{33} u_{44} u_{55} ...$$

Die Dezimalstellen dieser Zahl sind gerade die Diagonalelemente des obigen Schemas (dort rot hervorgehoben). Wir definieren eine neue Zahl $v = 0, v_1 v_2 v_3 v_4 v_5 ...$ dadurch, dass sie von u an jeder Stelle verschieden sein soll: $v_i \neq u_{ii}$ für jede Nummer i. Wie man die v_i im Einzelnen festlegt, bleibt dem persönlichen Geschmack überlassen, solange nicht alle v_i ab einer gewissen Stelle gleich 9 sind (Kasten unten). Die Zahl v gehört zu $]0, 1[$, ist also nach Annahme ein Element der Folge u_1, u_2, u_3, ... Es sei n die Nummer von v, sodass $v = u_n$ ist. Dann gilt insbesondere $v_n = u_{nn}$ im Widerspruch zur Definition von v.

Also ist die Menge der reellen Zahlen zwischen 0 und 1 – und erst recht die Menge aller reellen Zahlen – nicht abzählbar, was zu beweisen war.

Das Hilbert-Programm

Im Rahmen des Zweiten Internationalen Mathematikerkongresses, der 1900 in Paris stattfand, präsentierte David Hilbert 23 später berühmt gewordene Probleme, insbesondere eines, das die Grundlagen der Mathematik betraf. Seine Idee war, dass sich die Wahrheiten der Mathematik alle aus endlich vielen Axiomen nebst Deduktionsregeln ergeben sollten.

Dies passte gut in das industrielle Zeitalter, das an die Macht des Fortschritts und an die Lösbarkeit aller Probleme glaubte. Mathematische Theoreme sollten produzierbar sein wie industrielle Güter: mechanisch. Eine Maschine – heute denkt man an Computer – ▷

Unendliche Dezimalbrüche

Die Zahl 0,19999999... ist dasselbe wie die Zahl 0,2000000... (siehe »Verschieden und doch gleich«, S. 52). Damit die Dezimaldarstellung einer reellen Zahl eindeutig ist, muss man sich auf eine der beiden Möglichkeiten festlegen. Also betrachten wir für unseren Beweis nur solche Dezimalbruchentwicklungen, die nicht ab einer gewissen Stelle nur noch aus Neunen bestehen. Das Diagonalargument wird durch eine solche Festlegung nicht beeinträchtigt.

CANTORS DIAGONALE

▷ wendet eine Schlussregel nach der anderen auf ein Axiom nach dem anderen an, kombiniert die Ergebnisse, wendet darauf wieder alle Schlussregeln an und so weiter. So produziert die Maschine ausschließlich wahre, bewiesene Aussagen; der Beweis besteht in der Aufzählung der Schritte der Schlusskette. Die Hoffnung war, dass auf diese wahrhaft erschöpfende Weise alle bekannten und vor allem alle noch unbekannten Wahrheiten der Mathematik zu Tage treten würden.

Die Peano-Axiome

In der Peano-Arithmetik wird die Menge $\mathbb{N}$ der natürlichen Zahlen folgendermaßen definiert:

$\mathbb{N}$ enthält mindestens ein Element (das als 0 bezeichnet wird); und es gibt auf dieser Menge eine Abbildung namens *nach* (wie »Nachfolger«) mit folgenden Eigenschaften:
1. *nach* ist injektiv.
2. Für jedes a aus $\mathbb{N}$ gilt: $nach(a) \neq 0$.
3. das Induktionsprinzip: Ist M eine Teilmenge von $\mathbb{N}$ mit der Eigenschaft, dass 0 zu M gehört und mit jedem Element a von M auch $nach(a)$ in M ist, dann ist $M = \mathbb{N}$.

Die Addition zweier natürlicher Zahlen wird dann definiert über die mehrfache Anwendung von *nach*: $n + 0 = n$ und $n + nach(m) = nach(n+m)$. Diese Definition wird durch das Induktionsaxiom (3) gerechtfertigt.

Analog wird die Multiplikation über die mehrfache Addition definiert: $n \cdot 0 = 0$ und $n \cdot nach(m) = n \cdot m + n$. Mit Hilfe der drei obigen Axiome lassen sich dann für die beiden definierten Operationen alle elementaren Eigenschaften (Rechenregeln und so weiter) nachweisen.

Ebenso verfährt man für die Division mit Rest, für den Begriff der Primzahl und die ganze übrige Arithmetik.

Eine wahre unbeweisbare Aussage

Auch die einfachsten wahren Aussagen, die unter ausschließlicher Verwendung der Peano-Axiome nicht beweisbar sind, erfordern gewisse Vorbereitungen. Beginnen wir mit einigen Definitionen.

Sei k eine natürliche Zahl und M eine endliche Teilmenge von $\mathbb{N}$, die mehr als k Elemente enthält. Dann bezeichne M_k die Menge aller k-elementigen Teilmengen von M. Sei r eine natürliche Zahl. Wir interessieren uns für die Färbungen von M_k mit r Farben, das heißt für die Abbildungen f von M_k in die Menge $\{1, 2, ..., r\}$. Ist P eine k-elementige Teilmenge von M, so wird $f(P)$ deren Farbe genannt. Schließlich heißt eine Teilmenge F von M monochrom (für eine Färbung f), falls alle k-elementigen Teilmengen von F dieselbe Farbe besitzen.

Mit Hilfe dieser Definitionen können wir nun die fragliche Aussage formulieren: Für jedes Paar (k, r) natürlicher Zahlen gibt es eine natürliche Zahl n derart, dass für jede Färbung mit r Farben der k-elementigen Teilmengen von $\{k+1, ..., n\}$ eine monochrome Teilmenge von $\{k+1, ..., n\}$ existiert, deren kleinstes Element streng kleiner ist als die Anzahl ihrer Elemente.

Diese Aussage lässt sich mit Hilfe des Auswahlaxioms beweisen, aber nicht mit den Peano-Axiomen alleine. Da das Auswahlaxiom in der Mathematik allgemein akzeptiert wird, ist die fragliche Aussage als wahr, aber in der Peano-Arithmetik unbeweisbar anzusehen.

Dieses Unterfangen kann nur gelingen, wenn die Maschine nicht sowohl einen mathematischen Satz als auch – vielleicht auf einem anderen Wege – sein Gegenteil produziert. Dann wäre nämlich die Grundlage des Ganzen, also die Axiome und die Deduktionsregeln, von Anfang an fehlerhaft. Hilbert forderte seine Kollegen in Paris auf zu zeigen, dass genau das nicht passieren kann: Man beweise die Widerspruchsfreiheit der Arithmetik, also der Theorie der natürlichen Zahlen samt Addition und Multiplikation.

Es fällt zunächst schwer, den Sinn dieser Übung einzusehen. Wie soll denn beim gewöhnlichen Zahlenrechnen ein Widerspruch zu Tage treten? Entweder ist $2+2=5$ oder eben nicht. Wie soll es möglich sein, mit Mitteln der Arithmetik die Aussagen – sagen wir – »$2+2=4$« und »$2+2=5$« herzuleiten? Nur: Dass das unmöglich ist, hatte vor Hilberts Aufforderung noch niemand bewiesen. Schlimmer noch: Kurt Gödel (1906–1978) zeigte 30 Jahre später, dass jeder solche Beweis scheitern muss. Darüber hinaus bewies er: In jedem System gibt es wahre, aber nicht beweisbare Aussagen.

Gödel und die Lügner

Das klingt zunächst nicht besonders bemerkenswert. Als Menschen verfügen wir nur über endlich viel (Lebens-)Zeit und Energie, und es gibt beliebig lange, komplizierte Aussagen. Ich definiere eine Zahl, die mehr Dezimalstellen hat, als es Elektronen im Universum gibt, und behaupte: »Das ist eine Primzahl.« Diese Aussage ist entweder wahr oder falsch; aber alle Rechenzeit der Welt reicht nicht aus, sie zu beweisen oder zu widerlegen, selbst wenn jedes Atom im Universum ein Computer wäre.

Aber das ist nicht die Aussage des Gödel'schen Satzes. Dieser sagt vielmehr: Die Peano-Arithmetik (Kasten »Die Peano-Axiome«) enthält wahre, aber prinzipiell unentscheidbare Aussagen. Um dies zu beweisen, könnte man in groben Zügen der allgemeinen Idee von Cantor folgen, etwa so: Die Menge der beweisbaren Sätze ist abzählbar, nicht aber die Menge der wahren Aussagen. Gödel ging jedoch nicht so vor. Er fand auf konstruktivem Weg tatsächlich Aussagen, die wahr, aber unbeweisbar sind.

Im Einzelfall ist ein solcher Defekt stets reparabel. So wird die im Kasten links genannte Aussage beweisbar, wenn man zu den Peano-Axiomen das Auswahlaxiom hinzunimmt. Allgemein kann man stets eine für nicht beweisbar befundene wahre Aussage zum Axiom erklären und damit trivial beweisbar machen. Das so erweiterte System erlaubt jedoch auch weitere Aussagen, darunter solche, die wahr, aber in dem neuen System nicht beweisbar sind. Durch Hinzufügen von Axiomen lässt sich das Gödel'sche Resultat nicht umgehen.

Das fundamentale Problem hinter dem Gödel'schen Satz ist das des Selbstbezugs: Aussagen innerhalb eines Systems werden immer dann problematisch, wenn sie sich auf das gesamte System oder insbesondere auf sich selbst beziehen. Man kann den Satz von Gödel auch so formulieren: Ein formales System kann niemals seine eigene Widerspruchsfreiheit beweisen. Die Kontroverse um das Paradox von Jules Richard (siehe S. 40) zeigt, dass man in Widersprüche gerät, falls ein Element einer Menge nur in Bezug auf die ganze Menge definierbar ist. Der Lügner behauptet: »Ich lüge jetzt«, und es ist unmöglich zu entscheiden, ob er lügt oder die Wahrheit sagt.

Eine nahe liegende Lösung dieses und ähnlicher Paradoxa wäre, selbstbezügliche Aussagen schlicht zu verbieten. Gödels große Leistung besteht darin zu zeigen, dass dieses Verbieten nicht möglich ist (es sei denn, man wollte gleich die ganze Arithmetik verbieten). Gödel formuliert nämlich eine Aussage, die nach den Regeln der Arithmetik gebildet ist und besagt: »Diese Aussage ist nicht beweisbar.« Um die Existenz dieser Aussage zu zeigen, verwendet er das Diagonalargument.

Turing und das Halteproblem

Hinter dem mechanistischen Projekt Hilberts steckte der Glaube, dass eine Maschine – ein Computer vielleicht – alle beweisbaren Aussagen einer Theorie beweisen könne. Stellen wir uns wie oben ein Computerprogramm vor, das ausgehend von einem System von Axiomen und Deduktionsregeln alle beweisbaren Aussagen dieser Theorie eine nach der anderen produziert. Wir suchen einen Beweis für eine bestimmte Aussage A. Findet das Programm unter den von ihm produzierten Aussagen die Aussage A, soll es anhalten; wenn nicht, soll es weitersuchen, denn die Aussage A – oder ihr Gegenteil – könnte ja unter den noch zu produzierenden Aussagen sein. Da es wahre, aber unbeweisbare Aussagen gibt, kann es sein, dass das Programm niemals anhält.

Es kommt noch schlimmer. Man kann auch nicht im Voraus wissen, ob ein Programm anhalten wird oder nicht. Genauer: Ein Programm – nennen wir es »Haltetest« –, das als Eingabe ein beliebiges Programm P und dessen Eingabedaten D entgegennimmt und als Ausgabe angibt, ob P mit diesen Eingabedaten anhalten wird oder nicht, kann es nicht geben. Das hat Alan Turing (1912–1954) im Jahr 1936 bewiesen.

Alan Turing (1912–1954) erfand das Konzept eines Computers lange vor seiner technischen Realisierung und zeigte zugleich in einer theoretischen Arbeit dessen unüberwindliche Grenzen auf.

Der Beweis verläuft wie folgt: Angenommen, es gebe ein solches Programm namens Haltetest(P,D). Dann schreiben wir ein neues Programm namens HTV (»Haltetestverderber«). Dieses nimmt als Eingabe ein Programm Q entgegen und reicht dieses Programm an das Programm Haltetest weiter, genauer: Haltetest(Q,Q). Das heißt, sowohl das Programm, das Haltetest untersuchen soll, als auch dessen Daten sind identisch mit Q. Wenn Haltetest die Auskunft »ja« zurückgibt (das heißt, Q mit Eingabe Q wird anhalten), dann hält HTV nicht an; andernfalls hält HTV an.

Jetzt geben wir dem Programm HTV seinen eigenen Text als Eingabe. Hält HTV(HTV) an? Wenn ja, dann gibt Haltetest(HTV,HTV) die Auskunft »ja« zurück, also hält HTV nicht an; so ist es konstruiert. Wenn andererseits HTV(HTV) nicht anhält, gibt Haltetest(HTV,HTV) die Auskunft »nein« zurück, also hält HTV an. In beiden Fällen geraten wir, genau wie beim Lügnerparadox, in einen Widerspruch.

Der Satz von Turing gab dem Hilbert'schen Programm den endgültigen Todesstoß. Eine mechanische Erzeugung von Wahrheiten muss notwendig unvollständig bleiben.

Ein Mathematiker sollte darüber nur eine beschränkte Menge Tränen vergießen. Am Ende wäre er arbeitslos geworden … ◁

Verschieden und doch gleich

Eine kleine, ganz schlichte Fangfrage zeigt, dass es nicht einfach ist, Zahlen darzustellen.

Von Benoît Rittaud

Was ist eine Zahl? Auf diese Frage wurden im Laufe der Geschichte die verschiedensten Antworten gegeben. Heute ist die nahe liegendste im Allgemeinen die Dezimaldarstellung. So erscheint uns der Ausdruck 3,141 592 653 589 793 … als – mehr oder weniger – getreue Wiedergabe der Zahl π. Dabei deuten die Pünktchen an, dass weitere Ziffern folgen.

Welche? Das weiß man nicht vollständig, aber es stört einen nicht besonders. Man weiß, es gibt diese Ziffern, sogar unendlich viele, weil die Ziffernfolge nie aufhört, aber man braucht sie nicht wirklich. In den allermeisten Fällen können wir uns mit den ersten paar Ziffern begnügen.

Betrachten wir nun die Dezimalzahl x = 0,999 999 999 999 999 … Diesmal geben die Pünktchen nicht nur an, dass weitere Ziffern folgen, sondern auch, dass diese Ziffern sämtlich gleich 9 sind.

Spielen wir mit diesem x, indem wir einige elementare Rechenoperationen damit ausführen. Als Erstes multiplizieren wir x mit 10. Das ist einfach, denn im Dezimalsystem muss man dafür nur das Komma um eine Stelle nach rechts verschieben. Somit erhalten wir

$10\,x$ = 9,999 999 999 999 999 …

Von dieser Zahl ziehen wir jetzt x ab. Alles, was hinter dem Komma steht, stimmt bei x und $10\,x$ überein: Neunen, Neunen, nichts als Neunen. Daraus folgt

$10\,x - x = 9$

Andererseits ist $10\,x - x = 9\,x$. Also ist $9\,x = 9$ und damit $x = 1$.

Wir haben soeben gezeigt, dass

0,999 999 999 999 999 … = 1

ist. Was ist das? Wie kann es sein, dass zwei Zahlen, die so unterschiedlich aussehen, am Ende für gleich erklärt werden?

Um dieses Paradoxon aufzulösen, muss man zu den Ursprüngen zurückgehen.

Was genau bedeutet der Ausdruck 0,999 999 999 999…? Erinnern wir uns: Dezimalzahlen sind eine Kurzschreibweise für Brüche. Die erste Ziffer hinter dem Komma bezeichnet die Zehntel, die zweite die Hundertstel und so weiter. Also ist

$$x = \frac{9}{10} + \frac{9}{100} + \frac{9}{1000} + \frac{9}{10000} + \cdots$$

Das ist offensichtlich die Summe einer geometrischen Reihe mit dem Anfangsglied $a_0 = 9/10$ und dem Quotienten $q = 1/10$. Für diese Summe gibt es die Formel $a_0/(1-q)$, was in diesem Fall gleich $(9/10) \cdot (10/9) = 1$ ist. Wieder sind wir – auf anderem Wege – zu dem Ergebnis $x = 1$ gekommen.

Diese Überlegung lässt sich auf alle abbrechenden Dezimalbrüche verallgemeinern: 0,199 999 999 999 … ist gleich 0,2, und so weiter. Zu allen Fällen stößt man auf dasselbe Problem.

Was ist die Lösung? Nein, es steckt kein Denkfehler in obiger Argumentation. Der scheinbare Widerspruch resultiert aus unserer Gewohnheit, eine Zahl mit ihrer Dezimalentwicklung zu identifizieren: Wir gehen stillschweigend davon aus, dass eine Folge von Ziffern zwischen 0 und 9 mit einem Komma dazwischen vollkommen dasselbe sei wie eine Zahl. Unsere Rechnung zeigt, dass diese Übereinstimmung nicht so vollkommen ist.

Man kann zeigen, dass Probleme dieser Art nur bei bestimmten Dezimalbrüchen auftreten, nämlich bei denen, die auf 999 999… oder auf 000 000… enden (wobei man ganze Zahlen wie zum Beispiel 1 als 1,000 000… schreibt). Teuflische Schwierigkeiten machen also genau die »einfachen« Zahlen, die nur endlich viele Stellen hinter dem Komma haben. Ausgerechnet diejenigen, auf welche die Dezimalschreibweise am besten passt, sind die einzigen, die sich der Regel »eine Zahl, eine Darstellung« entziehen.

Wie ist es möglich, dass zwei Zahlen, die sich so krass unterschiedlich schreiben, gleich sein können?

1 = 0,99…?

Die rationalen Zahlen sind abzählbar

Es ist möglich, jeder rationalen Zahl eine natürliche Zahl als »Nummer« zuzuordnen, ohne eine rationale Zahl auszulassen oder eine Nummer mehrfach zu vergeben.

Von Daniel Barthe

Es gibt viele Möglichkeiten, eine Bijektion zwischen der Menge $\mathbb{N}$ der natürlichen Zahlen und der Menge $\mathbb{Q}$ der rationalen Zahlen herzustellen. Eine der einfachsten Möglichkeiten ist die folgende:

Jeder Bruch p/q wird durch das Paar (p, q) der ganzen Zahlen p und q repräsentiert. Diese Paare ordnen wir in einer unendlichen Tabelle mit dem Mittelpunkt $(0, 0)$ an, sodass das Paar (p, q) in Zeile p und Spalte q steht. Man durchläuft nun die Menge der rationalen Zahlen von $(0, 0)$ aus, indem man dem »spiraligen« Weg folgt, der in der Abbildung angedeutet ist. Die rationale Zahl, die man im n-ten Schritt trifft, erhält dann die natürliche Zahl n als Nummer. Offensichtlich wird auf dem Spiralweg kein Zahlenpaar ausgelassen und keine Nummer doppelt vergeben. Damit definiert die Nummerierungsvorschrift eine Bijektion. Also gibt es, entgegen dem, was man für selbstverständlich hält, »ebenso viele« Brüche wie natürliche Zahlen.

Allerdings ist die vorgenommene Zuordnung nicht in jeder Hinsicht zufrieden stellend. Das liegt daran, dass zwei Zahlenpaare ein und dieselbe rationale Zahl darstellen können. So sind beispielsweise 6/9 und 10/15 beides Repräsentanten der rationalen Zahl 2/3. Um eine Bijektion zwischen $\mathbb{N}$ und $\mathbb{Q}$ zu erhalten, müssen wir aus unserer Tabelle alle Paare mit negativen Nennern und alle Paare, die zu kürzbaren Brüchen gehören, streichen. Dann durchläuft man denselben Spiralweg wie zuvor; nur bekommen diesmal die gestrichenen Paare keine Nummern mehr.

Stellen wir uns vor, Himmel und Hölle existierten schon seit ewigen Zeiten. Ein Seliger schwebt im Himmel, und ein Verdammter schmachtet in der Hölle, wie es sich gehört; nur einmal im Jahr, an Silvester, tauschen die beiden ihre Plätze.

Unsere Intuition lässt uns glauben, dass der Selige sehr viel mehr Zeit im Paradies als in der Hölle verbringt; umgekehrt hat es den Anschein, als müsste der Verdammte erheblich länger die Qualen der Hölle erleiden, als er die köstlichen Früchte des Gartens Eden genießen kann. Paradoxerweise ist dem nicht so. Es ist nicht übermäßig schwer, zum Beispiel zwischen den Himmelstagen des Verdammten und seinen Höllentagen eine bijektive Zuordnung zu konstruieren.

Versuchen Sie's! Vielleicht bringt Sie die obige Nummerierung der rationalen Zahlen auf eine Idee. ◁

▽ Dies ist die erste Version der Nummerierung der rationalen Zahlen durch natürliche Zahlen.

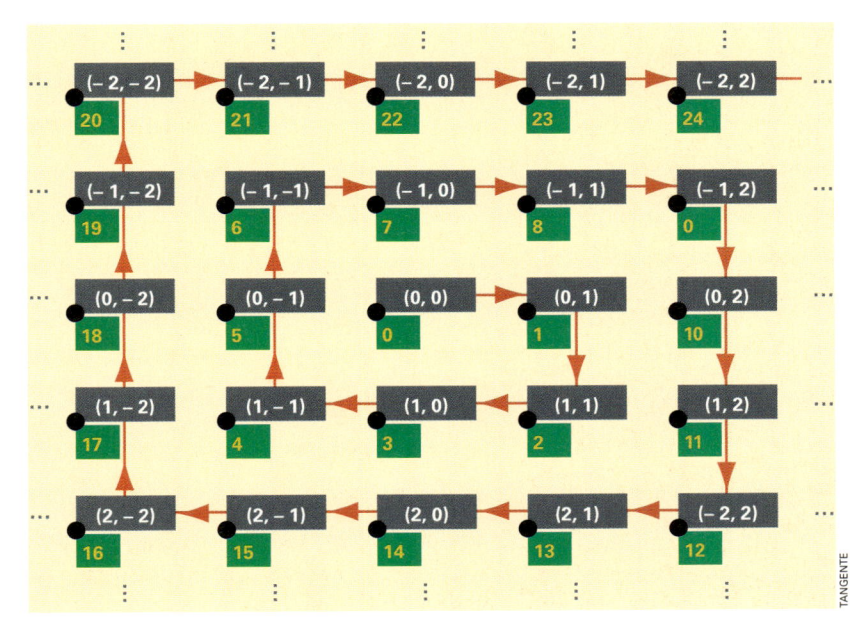

Von den rationalen zu den reellen Zahlen

Erst konstruiert man die natürlichen Zahlen, dann aus ihnen die rationalen und dann erst aus diesen die reellen Zahlen. Diese Schritte vom Kleineren zum Größeren klingen ganz einleuchtend; aber der letzte Schritt ist ungleich schwieriger als die beiden ersten.

Von Benoît Rittaud

Die Menge der reellen Zahlen ist eine »große« Menge; sie enthält insbesondere »viel mehr« Elemente als die Menge der natürlichen Zahlen. Die Wörter in Anführungszeichen sind viel zu schwach, um den gewaltigen Unterschied zwischen der eher harmlosen Unendlichkeit von $\mathbb{N}$, der Menge der natürlichen Zahlen, und der wahrhaft gigantischen Unendlichkeit von $\mathbb{R}$, der Menge der reellen Zahlen, wiederzugeben.

In $\mathbb{R}$ gibt es keine Induktion!

Die natürlichen Zahlen sind nämlich, im Gegensatz zu den reellen Zahlen, abzählbar (so sind sie definiert, siehe »Induktion«, S. 10). Und diese Eigenschaft erleichtert ungeheuer viel. Man kann nämlich das Induktionsprinzip nicht nur zum Beweisen, sondern auch zum Definieren verwenden.

Nehmen wir beispielsweise an, wir wollten definieren, was Potenzieren bedeutet. Für positive ganzzahlige Exponenten geht das sehr einfach und hat das allgemein bekannte Ergebnis. In aller Strenge und unter Vermeidung von Pünktchen und ähnlichen einleuchtenden, aber unpräzisen Umschreibungen tut man das induktiv (»rekursiv«) wie folgt: Man legt fest, dass für jede beliebige Zahl a der Ausdruck a^2 das Produkt von a mit sich selbst bedeuten soll (Induktionsanfang); dann legt man für alle $n \geq 3$ fest, dass a^n das Produkt von a^{n-1} mit a sein soll (Induktionsschritt), denn nach Induktionsannahme ist a^{n-1} bereits definiert. Damit ist die Angelegenheit ein

Diese Variante der berühmten Mandelbrot-Menge enthält einen großen Kreis, von dem hier nur etwas mehr als die obere Hälfte abgebildet ist. Man messe Winkel in diesem Kreis im Uhrzeigersinn und in Vielfachen von 2π: von 0 am linken Rand über 1/4 oben und 1/2 rechts bis zurück zu 1 am linken Rand. An jeder rationalen Zahl sitzt eine Knospe, die um so größer ist, je kleiner der Nenner der Zahl ist. Der Kreisrand ist daher dicht mit Knospen besetzt. Dass die knospenlosen irrationalen Zahlen dazwischen noch viel zahlreicher sind, sieht man nicht.

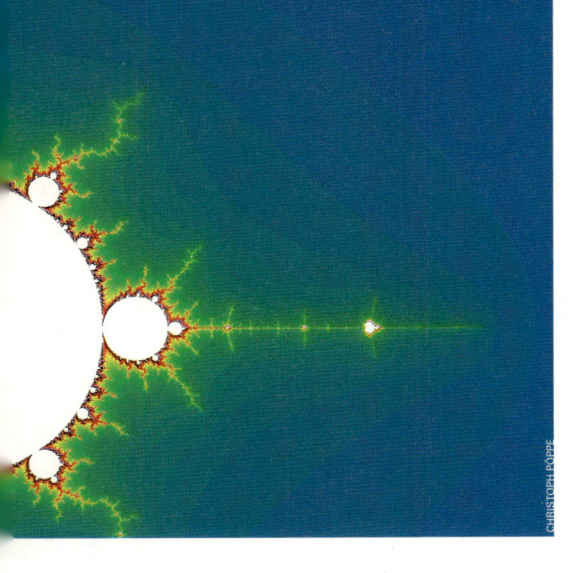

für alle Mal, das heißt für alle unendlich vielen n, geregelt. Der Mathematiker ist zufrieden und der Computer auch – na ja, nicht ganz, denn für große n gibt es wesentlich schnellere Methoden, a^n zu berechnen, als stur n-mal a aufzumultiplizieren; gleichwohl ist die angegebene Definition nicht nur elegant, sondern auch praktisch nutzbar.

Definieren wir in einem zweiten Schritt das Potenzieren für allgemeinere, nämlich rationale Exponenten. Wir beschränken uns auf positive Exponenten; die negativen bieten keine grundsätzlich neuen Schwierigkeiten.

Eine rationale Zahl (kurz: ein Bruch) ist durch zwei natürliche Zahlen gegeben, den Zähler und den Nenner. Kümmern wir uns zunächst um den Nenner: Ist q eine natürliche Zahl ungleich null, so definieren wir $a^{1/q}$ als die Zahl b mit der Eigenschaft, dass $b^q = a$ ist. Was b^q bedeutet, haben wir oben ja schon definiert. Diese Definition erfordert noch einige Zusatzarbeit, auf die wir hier nicht eingehen: Man muss beweisen, dass es eine und genau eine Zahl b mit der geforderten Eigenschaft gibt; es stellt sich heraus, dass man dazu sowohl a als auch b auf die positiven Zahlen einschränken muss.

Den Zähler hinzuzunehmen ist jetzt nicht mehr schwer: Für positive natürliche Zahlen p und q definieren wir $a^{p/q}$ als $(a^{1/q})^p$; dann kann man zeigen, dass diese Definition mit dem übereinstimmt, was man auf Grund der klassischen Potenzgesetze erwartet. Insbesondere gilt $(a^p)^{1/q} = a^{p/q}$, was nicht schon unmittelbar aus unserer Definition hervorgeht, sondern eigens bewiesen werden muss.

Damit können wir eine beliebige positive Zahl a zu einer beliebigen rationalen Potenz erheben. Dazu müssen wir im Wesentlichen nur wissen, wie man multipliziert sowie Quadrat-, Kubik- und höhere Wurzeln zieht.

Aber wie ist ein Ausdruck wie $a^{\sqrt{2}}$ zu verstehen? Nun ja, man verspürt vielleicht nicht wirklich die dringende Notwendigkeit, eine Zahl a in die $\sqrt{2}$-te Potenz zu erheben. Aber täuschen Sie sich nicht: Das Bedürfnis, den Definitionsbereich einer Funktion von den rationalen auf die reellen Zahlen zu erweitern, kommt schneller, als man denkt.

Das wird deutlich an einem Beispiel aus der Geometrie: dem Strahlensatz. Eine einfache Form dieses Satzes lautet: Seien ABC und $A'B'C'$ zwei Dreiecke, deren Winkel paarweise gleich sind. Dann sind die Dreiecke ähnlich; insbesondere gilt die Verhältnisgleichung $A'C'/AC = A'B'/AB$.

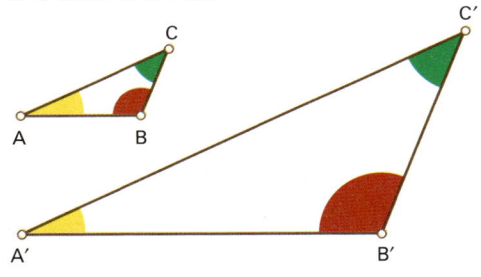

Zum Beweis kann man so vorgehen: Zuerst erledigt man den Fall, dass $A'B'$ ein ganzzahliges Vielfaches von AB ist (in der unten stehenden Abbildung ist $A'B' = 3AB$). Dann genügt es, drei Kopien des Dreiecks ABC in das Dreieck $A'B'C'$ hineinzulegen; einfache Sätze über die Gleichheit gegenüberliegender Seiten im Parallelogramm liefern dann die Aussage, dass $A'C'$ das Dreifache der Strecke AC ist. Daraus ergibt sich, dass $A'C'/AC = A'B'/AB$ ($=3$) ist.

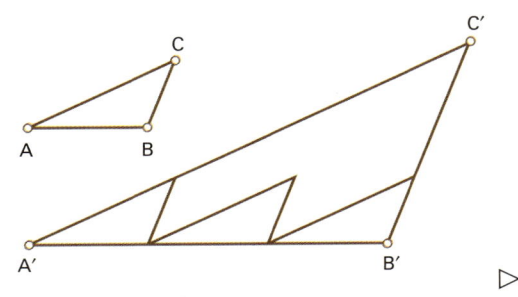

REELLE ZAHLEN

▷ Der nächste Schritt ist der Übergang zu den rationalen Zahlen. Nehmen wir beispielsweise an, das Verhältnis $A'B'/AB$ sei 5/3. In diesem Fall führt man ein Hilfsdreieck XYZ ein, so dass ZX ein Drittel von AB ist, und legt mit mehreren Exemplaren von XYZ die beiden Dreiecke wie folgt aus:

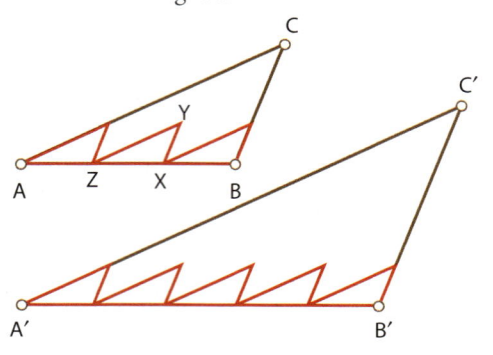

Daraus ergibt sich einerseits $AB/ZX = 3$ (nach der Annahme über XYZ und dem Strahlensatz für ganzzahlige Verhältnisse), andererseits $A'B'/ZX = 5$ (nach der Annahme über das Verhältnis $A'B'/AB$ und dem Strahlensatz für ganzzahlige Verhältnisse). Damit erhält man nicht nur die Gleichung $A'B'/AB = 5/3$ zurück, sondern auch $B'C'/BC = 5/3$. Das beweist den Strahlensatz für rationale Verhältnisse.

Der wahre Strahlensatz

Nun kommt die nahe liegende Frage: Wie erweitert man die Gültigkeit des Strahlensatzes von rationalen auf beliebige reelle Verhältnisse? Das ist vollkommen analog der oben gestellten Frage, wie man die Definition der Potenz von rationalen auf reelle Exponenten erweitert. Aber während die Algebra keinen guten Anlass liefert, sich überhaupt mit Ausdrücken wie $a^{\sqrt{2}}$ zu befassen, liegt der entsprechende Grund im Fall des Strahlensatzes auf der Hand: In der Geometrie hat man es oft mit nichtrationalen Längenverhältnissen zu tun; schon das Verhältnis von Quadratseite und -diagonale ist nicht rational. Wenn man

Dedekind'sche Schnitte

»Also wird kein Bruch die Länge der Diagonale eines Quadrats genau wiedergeben, dessen Seite 1 cm lang ist. Dies erscheint wie eine Herausforderung, die die Natur der Arithmetik bietet. So stolz der Arithmetiker (wie Pythagoras) auch auf die Macht der Zahlen sein mag, so lacht die Natur ihn aus, indem sie ihm Längen vorsetzt, die durch die Einheit nicht zahlenmäßig ausgedrückt werden können …

Es ist klar, dass man Brüche finden kann, deren Quadrat sich von 2 immer weniger unterscheidet. Wir können eine aufsteigende Folge von Brüchen bilden, deren Quadrate stets kleiner sind als 2, die sich aber von der Zwei, wenn wir weit genug fortschreiten, um weniger als jeden vorgegebenen Betrag unterscheiden. Angenommen also, ich setze einen kleinen Betrag, sagen wir ein Billionstel, von vornherein fest, so werden von einem bestimmten Element an, sagen wir vom zehnten, alle Elemente unserer Folge Quadrate haben, die sich von 2 um weniger als diesen Betrag unterscheiden. Hätte ich einen noch kleineren Betrag angenommen, so hätte ich in der Folge noch weiter gehen müssen. Aber früher oder später hätten wir ein Element erreicht, sagen wir das zwanzigste, sodass alle folgenden Elemente Quadrate besitzen, die sich von der Zwei um weniger als diesen kleinen Betrag unterscheiden. Wenn wir uns an die Arbeit machen, nach den üblichen Regeln die Quadratwurzel aus 2 zu ziehen, so werden wir einen unendlichen Dezimalbruch bekommen, der, wenn auf so und so viele Stellen berechnet, die obigen Bedingungen erfüllt. Wir können ebenso gut eine fallende Folge von Brüchen bilden, deren Quadrate alle größer sind als 2, sodass bei späteren Elementen der Folge der Unterschied immer abnimmt. Früher oder später unterscheidet sich das Quadrat eines Elements von 2 um weniger als irgendeinen angegebenen Betrag. Auf diese Weise haben wir scheinbar die Wurzel aus 2 umzingelt. Man kann sich schwer vorstellen, dass sie uns immer entschlüpfen wird. Trotzdem können wir auf diese Weise die Quadratwurzel aus 2 tatsächlich nicht erreichen.

Wenn wir alle Brüche in zwei Klassen teilen, je nachdem, ob ihre Quadrate kleiner sind als 2 oder nicht, so finden wir, dass alle diejenigen, deren Quadrate nicht kleiner sind als 2, Quadrate besitzen, die größer als 2 sind. Die Brüche, deren Quadrat kleiner als 2 ist, haben kein Maximum und die, deren Quadrate größer ist als 2, haben kein Minimum. Die Differenz zwischen den Zahlen, deren Quadrat etwas größer ist als 2, und denen, deren Quadrat etwas kleiner ist als 2, besitzt keine untere Grenze außer der Null. Wir können, kurz gesagt, alle Brüche in zwei Klassen teilen, sodass alle Elemente der einen Klasse kleiner sind als alle Elemente der anderen und die eine kein Maximum, die andere dagegen kein Minimum besitzt. Zwischen diesen beiden Klassen aber, da wo $\sqrt{2}$ sein sollte, ist nichts. Obwohl wir also unsere Einschnürung so dicht wie möglich gemacht haben, haben wir sie an der falschen Stelle zugezogen und die Wurzel aus 2 nicht gefangen.

Die obige Methode, alle Elemente einer Folge in zwei Klassen zu teilen, von denen die eine ganz vor der anderen kommt, ist durch Dedekind allgemein bekannt geworden. Sie heißt daher ein ›Dedekind'scher Schnitt‹.«

Bertrand Russell: Einführung in die mathematische Philosophie (1919)

Richard Dedekind (1831 – 1916) war unter denjenigen, die Cantors Ideen zum Durchbruch verhalfen.

den Strahlensatz nur auf rationale Verhältnisse anwenden könnte – und sich auch noch in jedem Einzelfall vergewissern müsste, dass das Verhältnis rational ist –, wäre das äußerst hinderlich.

Glücklicherweise gibt es ein Hilfsmittel, mit dem man alle reellen Zahlen von den rationalen aus erreichen kann. Im Fall des Strahlensatzes wäre dieses folgendermaßen anzuwenden: Auch wenn das Verhältnis $B'C'/BC$ nicht rational ist, kann man es doch mit rationalen Verhältnissen annähern. Wenn zum Beispiel dieses Verhältnis ein (nicht abbrechender) Dezimalbruch ist, liefern die ersten paar Stellen dieses Dezimalbruchs eine rationale Näherung. Diese Näherung wird umso besser, je mehr Stellen man verwendet.

Geometrisch läuft diese Näherung darauf hinaus, das Dreieck $A'B'C'$ durch ein geringfügig größeres (oder kleineres) Dreieck $A''B''C''$ zu ersetzen, für das $B''C''/BC$ rational ist.

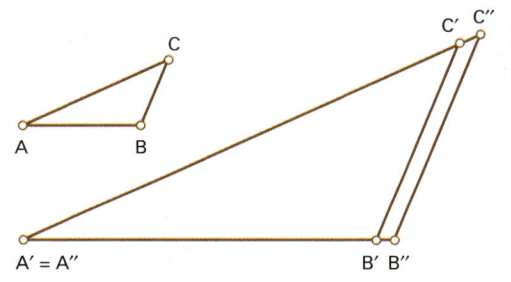

Nach dem Strahlensatz für rationale Verhältnisse gilt dann: $B''C''/BC = A''B''/AB$. Die Differenz zwischen $B''C''$ und $B'C'$ kann nun beliebig klein gemacht werden, indem man das Dreieck $A''B''C''$ durch Wahl einer besseren rationalen Näherung entsprechend dicht an das Dreieck $A'B'C'$ »heranrückt«. Dasselbe gilt für die Differenz zwischen $A''B''$ und $A'B'$. Indem man solcherart das Dreieck $A''B''C''$ gegen das Dreieck $A'B'C'$ gehen lässt, streben die Verhältnisse $A''B''/AB$ und $B''C''/BC$ gegen $A'B'/AB$ beziehungsweise $B'C'/BC$. Da für jede dieser Näherungen $B''C''/BC = A''B''/AB$ gilt, folgt auch $B'C'/BC = A'B'/AB$, was zu beweisen war.

Zwei Schlüssel zum Geheimnis

Das obige Argument verwendet zwei wichtige Tatsachen.

▶ Erstens: Es ist immer möglich, eine reelle Zahl (im Beispiel das Verhältnis $B'C'/BC$) beliebig gut durch eine rationale Zahl anzunähern (das waren die Verhältnisse $B''C''/BC$, die wir gegen $B'C'/BC$ gehen ließen). Man sagt, die rationalen Zahlen liegen dicht in den reellen Zahlen: Es gibt sozusagen keine Löcher auf der Zahlengeraden, wo keine rationalen Zahlen hinkämen.

▶ Die zweite Eigenschaft ist in unserem Beispiel leicht zu übersehen, weil sie so selbstverständlich scheint. Es handelt sich um die so genannte Stetigkeit. Sie garantiert, dass sich bei Annäherung des Verhältnisses $B''C''/BC$ an $B'C'/BC$ auch $B''C''$ an $B'C'$ annähert.

Dichtheit und Stetigkeit sind die Schlüsselbegriffe, mit denen man den Übergang von den rationalen zu allen reellen Zahlen bewältigt.

Zur Definition von $a^{\sqrt{2}}$ (und ähnlicher Ausdrücke) verwendet man im Wesentlichen dasselbe Prinzip: Man betrachtet eine Folge von Brüchen p_n/q_n, die gegen $\sqrt{2}$ konvergiert (eine solche gibt es auf Grund der Dichtheit der rationalen Zahlen), und definiert $a^{\sqrt{2}}$ als Grenzwert der Folge a^{p_n/q_n}. Die Existenz dieses Grenzwerts wird durch ein Stetigkeitsargument gesichert.

Das vielfältig verwendbare Prinzip, das hinter dieser Überlegung steckt, lässt sich so ausdrücken: Man hat eine bestimmte Aussage für eine gewisse Kategorie von zugänglichen Objekten (im Beispiel die rationalen Zahlen) und erweitert diese dann mit Hilfe eines analytischen Arguments (Dichtheit und Stetigkeit) auf eine allgemeinere Situation. Dieses Prinzip bildet den Schlüssel zur Konstruktion vieler mathematischer Objekte, wie beispielsweise des Integrals.

Wir haben es zur Definition der Potenz und damit zur Konstruktion der Exponential- ▷

▲ Der schottische Mathematiker John Napier (1550–1617) erfand die Zehnerlogarithmen, die in Form von Logarithmentafeln und Rechenschiebern die Bürde des Multiplizierens erleichterten, bis das Zeitalter des Taschenrechners anbrach.

REELLE ZAHLEN

▷ funktion eingesetzt, man hätte es aber auch zur Konstruktion ihrer Umkehrung, der Logarithmusfunktion, verwenden können. Und Logarithmen wären in der Tat schlicht unbrauchbar, wenn man sie nicht auch auf irrationale Zahlen anwenden könnte.

John Napier (1550–1617) war erstmalig auf die Logarithmen gekommen, weil er die mühsamen Multiplikationen durch einfacher durchzuführende Additionen ersetzen wollte. Er suchte also nach einer Funktion, welche die folgende Fundamentalformel erfüllte:

$$\log(ab) = \log(a) + \log(b)$$

Hat man eine Funktion mit dieser Eigenschaft und zusätzlich noch eine Tabelle, die einem alle benötigten Funktionswerte mit hinreichender Genauigkeit liefert, so kann man sich in der Tat das Multiplizieren vereinfachen: Um ein Produkt ab zu errechnen, finde man die Logarithmen von a und b durch Nachschlagen in der Tabelle, addiere diese (was im Handbetrieb viel schneller geht als das Multiplizieren) und finde mit Hilfe der

Poincarés Stufenleiter

»Wenn man wissen will, was die Mathematiker unter einem Kontinuum verstehen, soll man nicht in erster Linie bei der Geometrie anfragen. Der Geometer macht sich stets eine Darstellung der Dinge, die er studiert – er stellt sich eine Gerade im Kopf vor oder zeichnet sie mit Kreide an die Tafel; aber diese Darstellungen sind für ihn nur ein Hilfsmittel. Man muss sich hüten, Zufälligkeiten, welche oft ebenso unwichtig sind wie die Farbe der Kreide, allzu viel Bedeutung beizulegen.

Der reine Analytiker hat diese Klippe nicht zu fürchten. Er hat die mathematische Wissenschaft aller fremden Elemente entkleidet und er kann auf die Frage antworten: Was ist eigentlich dieses Kontinuum, mit dem die Mathematiker arbeiten? ...

Gehen wir von der Stufenleiter der ganzen Zahlen aus; zwischen zwei aufeinanderfolgenden Stufen schieben wir eine oder mehrere Zwischenstufen ein, dann zwischen diese neuen Stufen wieder andere und so fort ohne Ende. Wir haben so eine unbegrenzte Anzahl von Gliedern; das sind die Zahlen, welche man als Brüche oder als rationale oder kommensurable Zahlen bezeichnet. Aber dies ist nicht alles; zwischen diese Glieder, welche doch schon in unendlicher Anzahl vorhanden sind, muss man noch wieder andere einschalten, welche man als irrationale oder inkommensurable Zahlen bezeichnet ...

Das so aufgefasste Kontinuum ist nur eine Ansammlung von Individuen, die in eine gewisse Ordnung gebracht sind; zwar ist ihre Anzahl unendlich groß, aber sie sind doch voneinander getrennt. Das ist nicht die gewöhnliche Vorstellung, bei der man sich zwischen den Elementen des Kontinuums eine Art inniger Verbindung denkt, welche daraus ein Ganzes macht und wo der Punkt nicht früher als die Linie existiert, aber wohl die Linie früher als der Punkt. Von der berühmten Formulierung »das Kontinuum ist die Einheit in der Vielheit« bleibt nur die Vielheit übrig, die Einheit ist verschwunden.

Die Analytiker sind deshalb nicht weniger berechtigt, ihr Kontinuum so zu definieren, wie sie es tun, denn nur mit ihrer Definition erreichen sie die höchste Strenge ihrer Beweise. Aber dieses mathematische Kontinuum ist etwas ganz anderes als das Kontinuum der Physiker oder dasjenige der Metaphysiker ...

Man wird vielleicht die Mathematiker, welche sich mit der Definition der Physiker begnügen, für zu leichtgläubig halten und darauf bestehen, dass in präziser Form auszudrücken sei, was jede dieser dazwischen liegenden Stufen bedeute, wie man Stufen einzufügen habe und dass die Zulässigkeit der ganzen Aktion zu beweisen sei. Aber das wäre unbillig; die einzige wesentliche Eigenschaft dieser Stufen ist, dass jede sich vor oder hinter einer anderen befindet; mehr ist nicht dahinter, und mehr darf auch in die Definition der Stufen nicht eingehen.

Also braucht man sich nicht darüber zu beunruhigen, wie dieses Einfügen vor sich geht; und niemand wird daran zweifeln, dass diese Operation möglich ist, es sei denn, er vergäße, dass dieses letzte Wort in der Sprache der Mathematik nur so viel bedeutet als ›frei von Widersprüchen‹.«

Henri Poincaré: Wissenschaft und Hypothese (1901)

▲ Für das Kontinuum kommt es nicht darauf an, ob man mit einer Leiter neue Höhen erreicht; entscheidend ist das »Unfassbare«, das selbst dann noch übrig bleibt, wenn man immer wieder Sprossen zwischen Sprossen einfügt.

Tabelle die Zahl, deren Logarithmus gerade die berechnete Summe ist. Das ist das gesuchte Ergebnis *ab*. Vor dem Siegeszug der Taschenrechner waren die Logarithmentabelle und ihr mechanisches Äquivalent, der Rechenschieber, das Standardhilfsmittel für alle, die viel zu multiplizieren hatten.

Wie aber erstellt man die Tabelle? Wie kann man Logarithmen konstruieren (oder berechnen)? Die Technik ist die gleiche wie oben: ein Dichtheitsargument gekoppelt mit einem Stetigkeitsargument.

Beginnen wir mit der Festsetzung log(10) = 1, was auf die gebräuchlichen Zehnerlogarithmen hinausläuft. Aus der Fundamentalformel erhält man dann log(100) = 2, log(1000) = 3 und so weiter. Außerdem findet man log($\sqrt{1000}$) = log(1000)/2 = 3/2. Nach demselben Muster kann man die Logarithmen aller (positiven) Zahlen ermitteln, die sich in der Form $10^{p/q}$ mit ganzen Zahlen p und q (ungleich null) schreiben lassen. Nennen wir die Menge der Zahlen mit dieser Eigenschaft M. Die Menge M ist dicht in der Menge der reellen Zahlen (was eigens zu beweisen ist); es genügt folglich festzuhalten, dass unsere Funktion log auf der Menge M stetig ist, dass also die Logarithmen zweier Elemente von M, die nahe beieinander liegen, sich ebenfalls nur wenig unterscheiden.

Von unserer Funktion log, die auf allen reellen Zahlen definiert sein soll, müssen wir jetzt nur noch fordern, dass sie für alle (positiven) reellen Zahlen stetig sein soll. In der Tat genügt das Fordern! Mit unserem Stetigkeitsargument ergibt sich nämlich ein Näherungsverfahren für den Logarithmus jeder beliebigen (positiven) reellen Zahl.

Da die Logarithmus- und die Exponentialfunktionen Umkehrungen voneinander sind, lassen sich die obigen Überlegungen von einer dieser Funktionen auf die andere übertragen.

Verworren, aber korrekt

Die Stetigkeitsforderung ist nicht nur hinreichend, sondern auch notwendig! Wenn man nicht auf der Stetigkeit der Logarithmusfunktion besteht, gibt es andere Funktionen, welche die Fundamentalgleichung erfüllen, auf der Menge M dieselben Werte annehmen wie der Logarithmus und auf den übrigen Zahlen völlig andere. Sie sind mühsam zu konstruieren und von sehr wildem Verhalten, aber es gibt sie.

Zu der Zeit, als Napier die Logarithmen einführte, war der Stetigkeitsbegriff noch nicht vollständig geklärt; folglich musste Napier improvisieren und eine etwas verworrene Überlegung anstellen. So verdanken wir ihm neben den Logarithmen auch eine frühe Ahnung von der Notwendigkeit eines analytischen Arguments. Eine dichte Menge lässt eben noch »Löcher« neben sich, die es in korrekter Weise zu stopfen gilt.

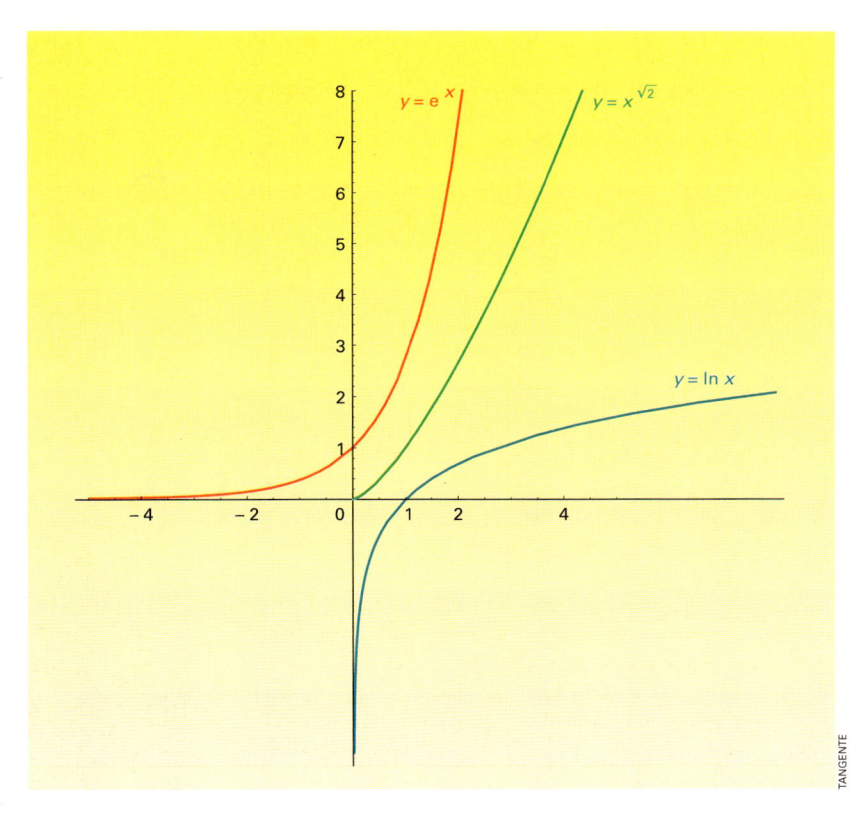

Es müssen übrigens nicht so viele Löcher sein wie im Fall der Potenzen oder der Logarithmen, wo das »Gerüst« eine verschwindende Minderheit gegenüber den Löchern bildet. Mit dem Stetigkeitsargument lassen sich bequem auch einzelne Löcher stopfen. So trifft man häufig Funktionen von der Art $f(x) = x^2/x$, die für $x = 0$ nicht definiert sind, weil man durch null nicht dividieren darf. In diesem Fall könnte man zwar das Problem dadurch erledigen, dass man x herauskürzt; die interessanten Fälle sind jedoch solche, wo diese Möglichkeit nicht besteht oder zumindest nicht offensichtlich ist. Dann hilft immer noch das Mittel der stetigen Fortsetzung.

Wir haben in diesem Artikel ein allgemeines Rezept vorgeführt, schwierigere Funktionen wie zum Beispiel die Potenz- und die Logarithmusfunktion für alle reellen Zahlen zu konstruieren: Man definiert zunächst die Funktion auf einer abzählbaren, dichten Teilmenge – eine solche Definition kann rekursiv und damit formal über alle Zweifel erhaben sein – und erweitert dann durch stetige Fortsetzung auf alle reellen Zahlen. Dieser letzte Schritt ist nicht immer einfach.

Wenn doch nur die Menge der reellen Zahlen abzählbar wäre! ◁

Drei nützliche Exemplare von Funktionen aus der reichhaltigen Vorratskiste der Analysis, die von John Napier und seinen Zeitgenossen allmählich bereitgestellt wurde. Ohne begriffliche Mittel wie die stetige Fortsetzung wären solche und ähnliche Funktionen nicht einmal denkbar.

KONTINUUM

Mathematik gelegt. Dort gibt es gleichfalls unendlich kleine Größen, die aber »nur in der mathematischen Berechnung Sinn« haben.

Von Bolzano zu Cantor: das Kontinuum kennzeichnen

Fast 200 Jahre später versucht Bernhard Bolzano (1781–1848) in seinen »Paradoxien des Unendlichen« (1847) das Kontinuum zu charakterisieren: »Unendlich viele Punkte genügen allein noch nicht, um ein Kontinuum zu erzeugen; diese Punkte müssen vielmehr geeignet angeordnet sein … Ein Kontinuum liegt dann und nur dann vor, wenn wir ein Aggregat einfacher Gegenstände (Zeitpunkte, Punkte, Substanzen) vor uns haben, die so angeordnet sind, dass jedes einzelne Mitglied des Aggregates zu jeder beliebig kleinen vorgegebenen Entfernung ein Mitglied des Aggregates hat, das ihm näher ist als diese Entfernung.« Bolzano, dem es an einer klaren Definition der reellen Zahlen gebricht, gibt hier eine Kennzeichnung des Kontinuums, die keine ist, da sie genauso gut auf die rationalen Zahlen passt.

Für eine wirklich saubere Definition musste die Welt noch einige Jahrzehnte warten. Erst Georg Cantor (1845–1918) gab 1883 eine mathematische Charakterisierung »einer rein arithmetischen, möglichst allgemeinen Idee eines Kontinuums von Punkten«. Cantor definiert den n-dimensionalen Raum, den wir heute $\mathbb{R}^n$ nennen, und beweist, dass alle Räume $\mathbb{R}^n$ dieselbe Mächtigkeit wie $\mathbb{R}$ haben. Folglich haben alle unendlichen Punktmengen entweder die Mächtigkeit der natürlichen Zahlen $\mathbb{R}$ oder die unmittelbar darauf folgende größere Mächtigkeit, nämlich die von $\mathbb{R}$.

Es stellt sich heraus, dass diese Behauptung kein mathematischer Satz ist, sondern eine Vermutung, die berühmte »Kontinuumshypothese«. Über ihre Gültigkeit haben sich die Mathematiker intensiv den Kopf zerbrochen. Unter den berühmten 23 Problemen, mit denen David Hilbert 1900 auf der internationalen Tagung in Paris seinen mathematischen Fachkollegen den Weg zukünftiger Forschung wies, ist der Beweis der Kontinuumshypothese die Nummer 1.

Auf dem Weg zum Kontinuum definiert Cantor dann zu einer Punktmenge P die »abgeleitete Menge« P' als die Menge ihrer Häufungspunkte. Ein Häufungspunkt der Menge P ist ein Punkt, bei dem jede – beliebig kleine – Umgebung mindestens einen Punkt von P enthält. Cantor nennt eine Menge S »perfekt« (heutige Sprechweise: »abgeschlossen«), wenn $S' = S$ gilt. Aber um kontinuierlich zu sein, genügt es nicht, perfekt zu sein. Cantor konstruierte ein Gegenbeispiel, das heute seinen Namen trägt: Das Cantor'sche Diskontinuum ergibt sich, wenn man aus einem Intervall dessen mittleres Drittel herausnimmt, dann die mittleren Drittel der verbleibenden Teile wegnimmt und so weiter.

Für die Eigenschaft »kontinuierlich« muss also eine weitere Bedingung hinzukommen: Die Menge muss »verkettet« sein (in Cantors Ausdrucksweise: »zusammenhängend«, was heute eine ganz andere Bedeutung hat). Das heißt: Sind x und y beliebige Punkte der

---

Cantor und die Kontinuumshypothese

Seit Cantor bezeichnet man die verschiedenen Typen des Unendlichen mit dem ersten Buchstaben des hebräischen Alphabets: Aleph, $\aleph$.

Das Unendliche der natürlichen Zahlen wird bezeichnet mit $\aleph_0$.

Die nachfolgenden Unendlichkeiten schreiben sich als $\aleph_1, \aleph_2, \aleph_3 \ldots$

Das Unendliche des Kontinuums, also der reellen Zahlen, wird als $2^{\aleph_0}$ bezeichnet, aus dem folgenden Grund:

▶ Für jede endliche Menge M mit n Elementen ist die Mächtigkeit der »Potenzmenge« $P(M)$, das ist die Menge aller Teilmengen von M, gleich 2^n.

▶ Für jede Menge M ist die Mächtigkeit der Potenzmenge $P(M)$ echt größer als die der Menge M selbst. Wenn M unendlich ist, dann ist $P(M)$ »noch unendlicher«, das heißt von einer höheren Unendlichkeit (Fundamentalsatz von Cantor).

▶ Die Menge $\mathbb{R}$ der reellen Zahlen hat dieselbe Mächtigkeit wie die Menge $P(\mathbb{N})$ aller Teilmengen der natürlichen Zahlen. In Analogie zum endlichen Fall wird dieses »gemeinsame« Unendliche als $2^{\aleph_0}$ bezeichnet.

Aus dem Fundamentalsatz von Cantor ergibt sich die folgende Hierarchie von Unendlichkeiten:

$\aleph_0 < 2^{\aleph_0} < 2^{2^{\aleph_0}} < \ldots$

Gibt es nun eine Unendlichkeit zwischen dem »abzählbar Unendlichen« und dem »Kontinuum«? Die Kontinuumshypothese sagt »nein«, in Formeln ausgedrückt: $\aleph_1 = 2^{\aleph_0}$.

Die verallgemeinerte Kontinuumshypothese behauptet Ähnliches für alle Unendlichkeiten: Für alle natürlichen Zahlen n gilt $\aleph_{n+1} = 2^{\aleph_n}$.

Georg Cantor als 25-jähriger Professor in Halle: Blick ins Unendliche gerichtet, Zigarre in der Hand

Die Kontinuumshypothese ist im Rahmen der klassischen Mengenlehre unentscheidbar. Kurt Gödel zeigte 1938, dass man das Axiom »die Kontinuumshypothese ist wahr« zur Mengenlehre hinzufügen kann, ohne dass sich ein Widerspruch ergibt. Im Jahr 1963 zeigte Paul Cohen, dass man auch das Axiom »die Kontinuumshypothese ist falsch« zur Mengenlehre hinzufügen kann, ohne dass sich ein Widerspruch ergibt. Somit ist die gegenwärtige Theorie des Unendlichen nicht fähig, den Schleier über einem wesentlichen Problem zu lüften.

Menge und ε eine beliebig kleine positive Zahl, so gibt es stets endlich viele Punkte $x_1, x_2, …, x_n$ der Menge mit der Eigenschaft, dass die Abstände zwischen x und x_1, zwischen x_1 und x_2, …, zwischen x_n und y sämtlich kleiner als ε sind.

Schließlich definiert Cantor ein Kontinuum als eine perfekte verkettete Menge. Damit ist erstmals in der Geschichte eine abstrakte und präzise Kennzeichnung des Kontinuums erreicht. Die Menge $\mathbb{R}$ der reellen Zahlen ist die abgeleitete Menge der rationalen Zahlen und damit als Kontinuum erwiesen.

Nach Cantor
Die Arbeiten Cantors über die Abzählbarkeit, das Kontinuum, die reellen Zahlen und die Topologie haben auch nach seinem Tod 1918 nachhaltig fortgewirkt. Überall in der modernen Mathematik kommt die Mengenlehre zum Vorschein und mit ihr die philosophischen Fragen, die untrennbar dazugehören.

Die Philosophen setzten sich mit Cantors Ideen in dem 1922 gegründeten »Wiener Kreis«, dem auch Naturwissenschaftler angehörten, auseinander – und waren zunächst nicht begeistert. Ludwig Wittgenstein (1889–1951), Schüler Bertrand Russells und einflussreiche Figur – wenn auch nicht Mitglied – des Wiener Kreises, kritisierte in seinen »Bemerkungen zu den Grundlagen der Mathematik« die Verwendung des Aktualunendlichen in der Mengenlehre und die Anwendung der für endliche Mengen üblichen Methoden auf unendliche. Er ging sogar so weit, den Begriff der Abzählbarkeit in Frage zu stellen.

Überraschend erschütterte um 1930 ein neues Mitglied des Wiener Kreises die Grundlagen der Mathematik durch philosophische Fragestellungen sowie durch seinen neuartigen Zugang zum Problem des Kontinuums. Es war Kurt Gödel (1906–1978); allgemein bekannt wurde er durch seine Unvollständigkeitssätze:

▶ Ist die formale Arithmetik widerspruchsfrei, so ist sie keine vollständige Theorie.
▶ Die Widerspruchsfreiheit der formalen Arithmetik lässt sich nicht mit Methoden beweisen, die in dieser Arithmetik formalisierbar sind.

Gödels Sätze versetzten Hilberts Programm zum Beweis der Kontinuumshypothese den Todesstoß. Schließlich zeigte Paul Cohen 1963, dass die Kontinuumshypothese unentscheidbar ist. Das heißt, dass man zu den Axiomen der Mengenlehre sowohl die Kontinuumshypothese als auch ihre Negation hinzufügen kann, ohne in Widersprüche zu geraten.

Gödel und die Kontinuumshypothese

Im Jahr 1947 schrieb Kurt Gödel einen Artikel mit dem Titel »Was ist das Kontinuumsproblem von Cantor?« (American Mathematical Monthly, Bd. 54, S. 515 – 525).
Darin stellt er fest:
1. Dieses Problem ist wohldefiniert.
2. Das Kontinuumsproblem ist unlösbar auf der Grundlage der üblicherweise akzeptierten Axiome; das ist das Axiomensystem von Zermelo und Fraenkel plus das Auswahlaxiom, was als ZFC abgekürzt wird (C wie *choice*, Auswahl).
3. Auch wenn sich die Kontinuumshypothese als unentscheidbar auf der Basis der Axiome der Mengenlehre erweisen sollte, verliert die Frage, ob die Hypothese zutrifft, nicht ihre Bedeutung.
4. Die Rolle des Kontinuumsproblems in der Mengenlehre ist es, zur Entdeckung neuer Axiome zu führen, die es erlauben, Cantors Vermutung zu widerlegen.

Dieser Artikel war in zweifacher Hinsicht weitsichtig. Punkt 2 wurde durch das Resultat von Paul Cohen über die Unabhängigkeit der Kontinuumshypothese bestätigt.
Die aktuellen Forschungen zu den »Axiomen der großen Kardinalzahlen« (Spektrum der Wissenschaft 12/1998, S. 46) lassen auf einen Fortschritt im Sinne von Punkt 4 hoffen.

▲ Kurt Gödel und Albert Einstein im Park von Princeton (New Jersey) im August 1950

Fügt man dem Axiomensystem ZFC diese Axiome hinzu, kann man zeigen, dass gewisse unendliche Teilmengen von $\mathbb{R}$ die Mächtigkeit von $\mathbb{N}$ haben, was mit dem System ZFC allein nicht möglich ist.

Die Geschichte des Kontinuums, deren wichtigste Etappen wir hier nachgezeichnet haben, ist ein weiteres, drastisches Beispiel dafür, dass mathematische Strukturen sich gänzlich anders verhalten, als selbst die Mathematiker, die doch diese Strukturen definiert haben, sich das vorstellen konnten. Es ist die Intuition, die sich unmittelbar aufdrängende Vorstellung, die aus der banalen Geschichte von Achilles und der Schildkröte ein Paradox gemacht hat und genau deswegen in Misskredit geriet. Die Intuition hat auch lange Zeit einem richtigen Verständnis der reellen Zahlen im Weg gestanden. Dabei ist die Intuition ohne Zweifel ein nützliches, sogar unentbehrliches Hilfsmittel; nur muss sie gelegentlich überwunden werden, wie die letzten Entwicklungen der mathematischen Logik beweisen. ◁

Wie viel wiegen die rationalen Zahlen?

Wie wiegt man mathematisch die Teile einer homogenen Menge? Alle Verfahren dafür bauen auf dem Begriff der Abzählbarkeit auf, einem Aspekt des »Paradieses«, das Cantor uns geöffnet hat und das uns mittlerweile unentbehrlich geworden ist.

Von Benoît Rittaud

Wenn die homogene Eisenstange AB (Bild rechts, *a*) ein Kilogramm wiegt, wie viel wiegt dann der Teil MN? Die Frage ist auch ohne Waage nicht schwer zu beantworten. Da die Stange homogen sein soll, ist die Masse jedes Teilstücks seiner Länge proportional. Wenn die Strecke von M nach N gerade halb so lang ist wie die Gesamtstrecke von A nach B, dann wiegt das Teilstück MN genau ein halbes Kilogramm, und so weiter. (Auf den Unterschied zwischen Masse und Gewicht, auf den die Physiker mit gutem Grund so großen Wert legen, soll es uns hier nicht ankommen.)

Ein Punkt hat die Masse null!

Die Masse des Intervalls [0, 1] sei gleich 1 und gleichmäßig verteilt. Dann ist die Masse eines Intervalls $[a, b]$, das in [0, 1] enthalten ist, einfach durch $b-a$ gegeben. Folglich hat das Intervall $[a, a]$, das nur aus dem Punkt a besteht, die Masse $a-a$, das heißt null.

Durch ein Zufallsexperiment werde eine bestimmte Zahl x aus dem Intervall [0, 1] ausgewählt. Die Wahrscheinlichkeit dafür, dass die Zahl x Ergebnis dieses Zufallsexperiments ist, beträgt null, wie für jede Zahl x, siehe oben. Man ist gewohnt, »Wahrscheinlichkeit null« mit »unmöglich« gleichzusetzen. Aber das muss man sich abgewöhnen. Da die Zahl x Ergebnis des Experiments ist, war es offensichtlich nicht unmöglich, dass sie gezogen wurde. Also ist »Wahrscheinlichkeit null« etwas anderes als »unmöglich«.

Nebenbei ergibt sich, dass es bei der Masse eines Intervalls nicht darauf ankommt, ob man die Endpunkte mitzählt oder nicht: Die Intervalle $[a, b]$, $[a, b[$, $]a, b]$ und $]a, b[$ haben alle dasselbe Maß, nämlich $b-a$.

Kaum schwieriger ist die Frage: Wie viel wiegt der rot gezeichnete Teil der Stange im Bild rechts, *b*? Es genügt, die einzelnen Stücke, aus denen sich unser Teil zusammensetzt, zu untersuchen. Die Gesamtmasse ist gleich der Summe der Massen der Stücke, welche sich wiederum aus deren Längen ergibt.

Auf diese Weise finden wir – ohne Waage – das Gewicht für viele Teilmengen unserer Stange. Dabei nutzen wir zwei elementare Tatsachen: Man weiß, wie viel ein Intervall wiegt, nämlich – bis auf einen Proportionalitätsfaktor – so viel, wie die Differenz seiner Endpunkte angibt; und wenn man die Massen zweier disjunkter (elementefremder) Teilmengen kennt, dann weiß man, wie viel ihre Vereinigung wiegt, nämlich die Summe der Einzelmassen. Und wenn man die Massen zweier Mengen addieren kann, dann geht das auch für endlich viele; das ergibt sich aus einem einfachen Induktionsargument.

Das Unendliche in der Klemme

Haben wir jedoch unendlich viele Teilmengen zu vereinigen, dann ist, wie beim Unendlichen üblich, Vorsicht geboten. Nehmen wir als Beispiel die Vereinigung der Intervalle [1/2, 1], [1/8, 1/4], [1/32, 1/16] und so weiter (Bild rechts, *c*). Die Teilintervalle grenzen nicht aneinander, sondern lassen Lücken zwischen sich (sonst wäre es ja auch zu einfach). Wie also wiegt man eine unendliche disjunkte Vereinigung von Mengen?

Hier macht sich eine Idee nützlich, die schon zur Definition reeller Zahlen diente:

das Einklemmargument oder, mit dem offiziellen Namen, die Intervallschachtelung. Eine Zahl wie $\sqrt{2}$ gibt es zunächst (bevor die reellen Zahlen definiert sind) nicht. Aber es gibt Zahlen, die etwas zu groß, und solche, die etwas zu klein sind, und zwar so, dass der Unterschied zwischen den zu Großen und den zu Kleinen beliebig klein gemacht werden kann. Solcherart eingeklemmt, bleibt der neuen Zahl nichts anderes übrig, als widerspruchsfrei und eindeutig zu sein, und das genügt bekanntlich, um zu existieren.

Bezeichnen wir mit I_0 das Intervall $[1/2, 1]$, mit I_1 das Intervall $[1/8, 1/4]$, allgemein mit I_n das Intervall $[1/2^{2n+1}, 1/2^{2n}]$ für jede natürliche Zahl n. Dann hat das Intervall I_n das Gewicht $1/2^{2n} - 1/2^{2n+1} = 1/2^{2n+1}$. Nennen wir nun U die Vereinigung aller dieser Intervalle und versuchen, diese Menge U zwischen etwas Kleineres und etwas Größeres einzuklemmen.

Das Kleinere ist schnell gefunden: U enthält für jedes n die Vereinigung der ersten n Teilintervalle: $V_n = I_0 \cup I_1 \cup \ldots \cup I_n$ mit dem Gewicht $1/2 + 1/8 + \ldots + 1/2^{2n+1}$.

Das Größere findet sich, indem man zu V_n das Intervall $[0, 1/2^{2n+1}]$ hinzunimmt; denn alle noch nicht berücksichtigten Teilintervalle liegen zwischen 0 und $1/2^{2n+1}$, werden also von dem Intervall $[0, 1/2^{2n+1}]$ gnädig zugedeckt. Also ist U enthalten in der Vereinigung $W_n = I_0 \cup I_1 \cup \ldots \cup I_n \cup [0, 1/2^{2n+1}]$ mit der Masse $1/2 + 1/8 + \ldots + 1/2^{2n+1} + 1/2^{2n+1}$.

Solcherart zwischen den Mengen V_n und W_n eingeklemmt, bleibt U nichts anderes übrig, als auch gewichtsmäßig zwischen den Gewichten von V_n und W_n zu liegen: Für die Masse m von U gilt

$$1/2 + 1/8 + \ldots + 1/2^{2n+1} < m$$
$$< 1/2 + 1/8 + \ldots + 1/2^{2n+1} + 1/2^{2n+1}$$

Die linke Seite ist bis auf einen Faktor $1/2$ eine geometrische Reihe mit dem Quotienten $1/4$; das gilt auch für die rechte Seite, abgesehen von dem letzten Summanden $1/2^{2n+1}$, der jedoch mit wachsendem n beliebig klein wird. Für n gegen unendlich streben beide Seiten der Ungleichung gegen $2/3$, wie man mit der Formel für die geometrische Reihe bestätigt. Also ist das gesuchte Gewicht der Menge U gleich $2/3$.

Massen und Wahrscheinlichkeiten

Natürlich betreibt man diesen – beträchtlichen – gedanklichen Aufwand nicht, um das Gewicht unendlich fein zersägter Eisenstangen zu bestimmen. Interessant wird die so genannte Maßtheorie im Zusammenhang mit der Wahrscheinlichkeitsrechnung. Mit welcher Wahrscheinlichkeit liegt eine »zufällig gewählte« Zahl aus dem Intervall $[0, 1]$ im – sagen wir – mittleren Drittel dieses Intervalls?

Die Bezeichnungen »Masse« und »Länge« von oben lassen sich durch Wahrscheinlichkeiten ersetzen: Wenn die Wahrscheinlichkeit über das ganze Intervall gleichmäßig verteilt ist – das entspricht der Homogenität des Eisenstabs –, dann ist die Wahrscheinlichkeit dafür, dass eine zufällig aus $[0, 1]$ gezogene Zahl im Intervall $[1/3, 2/3]$ liegt, gleich ▷

Messen und Wägen ist schwieriger, als man denkt – jedenfalls wenn es um das Gewicht überabzählbarer Zahlenmengen geht. Das Bild »Le cabinet géométrique de M. Le Clerc« zeigt zahlreiche geometrische Gerätschaften des 18. Jahrhunderts.

Die Länge eines Intervalls ist einfach zu bestimmen; dasselbe gilt für mehrere Intervalle zusammen. Aber wie lang ist die Vereinigung unendlich vieler Intervalle?

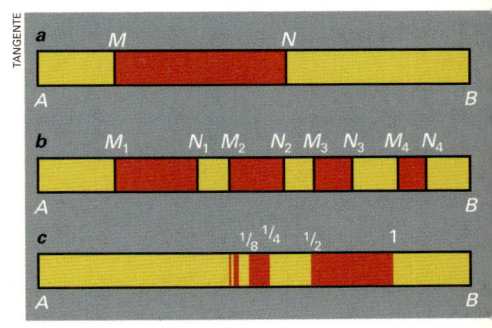

MASSTHEORIE

Émile Borel (1871–1956) gilt gemeinsam mit Henri Lebesgue und René Baire als Begründer der modernen Maß- und Integrationstheorie. Von 1925 bis 1940 war er französischer Marineminister; nach der Besetzung Frankreich arbeitete er für die Résistance.

der Masse des entsprechenden Stücks Stange: 2/3 – 1/3 = 1/3.

Allgemein spricht man statt von der Masse vom »Maß« einer Menge. Formal ausgedrückt: Ein Maß ist eine Abbildung, die gewissen Teilmengen einer »Universalmenge« eine reelle Zahl ≥ 0 zuordnet (die man dann das Maß dieser Menge nennt), mit folgenden Eigenschaften:

▶ Die leere Menge hat das Maß 0;

▶ das Maß einer Vereinigung disjunkter Mengen ist gleich der Summe der Maße der Einzelmengen.

▶ Eine weitere Eigenschaft, die sich auf die Vereinigung unendlich vieler Teilmengen bezieht, kann erst weiter unten präzisiert werden.

Wenn darüber hinaus die Universalmenge das Maß 1 hat, spricht man von einem Wahrscheinlichkeitsmaß; denn dann – und nur dann – kann man das Maß einer Teilmenge als die Wahrscheinlichkeit dafür interpretieren, dass ein Zufallsereignis diese Teilmenge trifft. Auf der gesamten Menge $\mathbb{R}$ der reellen Zahlen ist das oben definierte Maß kein Wahrscheinlichkeitsmaß, denn das Maß der Universalmenge $\mathbb{R}$ ist nicht 1, sondern unendlich: Da hilft kein Proportionalitätsfaktor.

Das Maß eines Intervalls muss nicht unbedingt gleich der Differenz seiner Endpunkte sein; im Gegenteil! Viele Zufallsexperimente liefern ein Ergebnis, das mehr oder weniger heftig um einen Mittelwert streut; das gilt zum Beispiel für physikalische Messungen, die mit einem Messfehler behaftet sind. In diesem Fall hat ein Intervall in der Nähe des Mittelwerts ein großes Maß (nämlich eine große Wahrscheinlichkeit, vom nächsten Messwert getroffen zu werden), ein gleich großes Intervall fern vom Mittelwert dagegen ein kleines Maß. Im Folgenden soll jedoch nur von dem »natürlichen« Maß die Rede sein, das einem Intervall die Differenz seiner Endpunkte zuordnet.

Wie viel wiegen die rationalen Zahlen?

Wie groß ist die Wahrscheinlichkeit, dass eine zufällig zwischen 0 und 1 ausgewählte reelle Zahl rational ist? Anders ausgedrückt, welches Maß hat die Menge Q der im Intervall $[0, 1]$ enthaltenen rationalen Zahlen? (Man beachte die Schreibweise: $\mathbb{Q}$, mit dem zusätzlichen Strich, ist die Menge aller rationalen Zahlen; Q ist eine Teilmenge von $\mathbb{Q}$, nämlich die Menge aller rationalen Zahlen zwischen 0 und 1.)

Offensichtlich lässt sich die Menge Q nicht als endliche Vereinigung von Intervallen schreiben. Also greifen wir auf unser Einklemmverfahren zurück und suchen Ober- und Untermengen von Q, das heißt endliche Vereinigungen von Intervallen, in denen Q enthalten ist beziehungsweise die in Q enthalten sind. Wenn sich dann die Maße von Ober- und Untermengen einem gemeinsamen Wert nähern, kann man diesen Wert vernünftigerweise als Maß von Q ansehen.

Beginnen wir mit den Untermengen. Suchen wir ein Intervall $I = [a, b]$, das in Q enthalten ist. Da zwischen zwei rationalen Zahlen stets eine irrationale Zahl liegt (Kasten rechts), muss $a = b$ (und a rational) sein: Ein Intervall, das nur aus rationalen Zahlen besteht, kann nur einen einzigen Punkt enthalten! Wären es zwei Punkte, hätte man unvermeidlich irgendwelchen irrationalen Schmutz dazwischen. Also kann eine Untermenge von Q nur eine endliche Vereinigung von Punkten sein.

Das Maß eines Punkts beträgt null (Kasten S. 64); endlich viele Punkte zusammen haben immer noch das Maß null; also haben wir als untere Abschätzung für das Maß unserer Menge Q den Wert 0 erhalten. Das allein ist nur mäßig beeindruckend; die wirklich mühsam zu akzeptierende Erkenntnis ist, dass es Mengen gibt, die nichts wiegen. Auch eine Milliarde Punkte hat das Maß null.

Gehen wir zu den Obermengen über, das heißt, suchen wir eine endliche Vereinigung von Intervallen, in der Q enthalten ist; nennen wir diese Menge M. Leider kommen wir bei dieser Suche nicht weit. Warum?

Betrachten wir statt der Menge M deren Komplement N, das heißt die Menge aller Punkte aus $[0, 1]$, die nicht in M enthalten sind. N muss ebenfalls eine endliche Vereinigung von Intervallen sein und darf keine rationalen Zahlen enthalten; denn die liegen ja alle in M. Aber zwischen zwei irrationalen Zahlen findet man immer eine rationale (Kasten rechts). Also können, mit derselben Begründung wie oben, die Intervalle, aus denen N besteht, nur Punkte sein (irrationale diesmal). Somit hat N das Maß 0 und dementsprechend M das Maß 1. Das ist die einzige obere Abschätzung für das Maß von Q, auf die man hoffen kann.

Insgesamt wissen wir jetzt, dass das Maß von Q größer oder gleich 0 und kleiner oder gleich 1 ist – ein Erkenntnisgewinn, der einen nicht wirklich vom Hocker reißt.

Man könnte es dabei bewenden lassen und festlegen, dass Q (und damit $\mathbb{Q}$) eben kein Maß hat. Der Logarithmus von –1 ist auch nicht sinnvoll definierbar, die Division durch 0 ist verboten, und die Summe 1 + 1/2 + 1/3 + ... hat keinen Grenzwert: Die Mathematiker sind es gewohnt, damit zu leben, dass gewisse Dinge nicht definierbar sind; also wären sie im Prinzip auch bereit hinzunehmen, dass Q nicht messbar ist, das heißt, dass man ein Maß von Q nicht definieren kann.

Es blieb ihnen im 19. Jahrhundert auch zunächst nichts anderes übrig. Bernhard Riemann (1826–1866) hatte den Begriff des Integrals, der mit dem Maßbegriff eng verknüpft ist, auf solide theoretische Füße gestellt. Dabei war unter anderem klar geworden, dass es beim Integral auf endlich viele Punkte nicht ankommt, dass also eine Menge aus endlich vielen Punkten das Maß 0 hat. Aber die Frage nach dem Maß der rationalen Zahlen wurde erst beantwortbar, nachdem Henri Lebesgue (1875–1941) weitere theoretische Hilfsmittel geschaffen hatte.

Nicht dass es vorher keine Antworten gegeben hätte. Schon im 14. Jahrhundert schrieb Nicole Oresme (um 1323–1382), wenn eine Zahl rein durch Zufall bestimmt würde, dann sei die Wahrscheinlichkeit, dass diese Zahl rational sei, verschwindend gering. Mit sechs Jahrhunderten Vorsprung hatte er die Auffassung ausgesprochen, dass das Maß der rationalen Zahlen null sei – aber nicht bewiesen.

Wie kann man das beweisen? Wir haben gesehen, dass unsere bisherigen Hilfsmittel zu schwach sind. Also müssen wir stärkere ausarbeiten.

Oder haben wir zu viel verlangt? Müssen wir eine Menge wirklich von oben und von unten einklemmen, um ihr Maß zu bestimmen? Oder kommen wir mit weniger Beweisaufwand auch zum Ziel? In unserem obigen Beispiel ist die Menge U, deren Maß wir suchten, eine unendliche Vereinigung von Intervallen. Die Untermengen V_n sind jeweils die Vereinigung der ersten n Intervalle. In irgendeinem Sinn strebt doch V_n gegen U, wenn n gegen unendlich strebt. Also ist es vernünftig anzunehmen, dass das Maß vom Grenzwert gleich dem Grenzwert der Maße ist – was im vorliegenden Fall durch das Einklemmargument bestätigt wird.

So ohne Weiteres ist die Überlegung allerdings nicht akzeptabel: Es gibt Folgen von Mengen, die »gegen eine andere Menge streben«, wobei aber das Maß des Grenzwerts nicht gleich dem Grenzwert der einzelnen Maße ist (Kasten S. 68).

In unserem Fall liegt jedoch eine Folge vor, die man getrost als »wachsend« bezeichnen darf: Für jedes n ist V_n in V_{n+1} enthalten. Das zusammen mit der Tatsache, dass V_n gegen U »strebt«, erlaubt es zu schließen, dass das Maß des Grenzwerts gleich dem Grenzwert der Maße ist.

Dieses Ergebnis legt folgende Idee nahe: Ist M eine Vereinigung von – möglicherweise unendlich vielen – Intervallen, so ist das Maß von M gleich der – möglicherweise unendlichen – Summe der Maße dieser Intervalle.

Rationale Punkte, irrationale Punkte

Zwischen zwei rationalen Zahlen liegt stets wieder eine rationale Zahl. Das ist einfach zu sehen: Man bilde den Mittelwert der beiden Zahlen.

Um zu zeigen, dass zwischen zwei irrationalen Zahlen stets eine rationale liegt, genügt es festzustellen: Die Dezimalbruchentwicklungen unserer beiden Irrationalzahlen müssen sich notwendig von einer bestimmten Stelle an unterscheiden. Deshalb genügt es, die Dezimalbruchentwicklung der größeren der beiden Zahlen an einer geeigneten Stelle danach abzubrechen. So erhält man einen endlichen Dezimalbruch, also eine rationale Zahl, welche zwischen den beiden Ausgangszahlen liegt.

Zur Bestimmung des Mittelpunkts genügen Zirkel und Lineal. »Bildnis des Niklaus Kratzer« von Hans Holbein dem Jüngeren (1497–1543)

Um zu zeigen, dass es zwischen zwei rationalen Zahlen stets eine irrationale gibt, genügt es zu wissen, dass die Dezimalbruchentwicklung einer rationalen Zahl ab einer gewissen Stelle stets periodisch wird. Am Anfang kommen möglicherweise irgendwelche Ziffern; aber nur endlich viele. Ab da wiederholt sich bis ins Unendliche nur ein einziges Motiv. So ist zum Beispiel 22/7 = 3,14285 7142857142857142857…, das Motiv ist hierbei 142857. Sind zwei verschiedene rationale Zahlen gegeben, so genügt es, bei einer der beiden die Dezimalbruchentwicklung ab einer bestimmten Stelle durch eine nichtperiodische zu ersetzen, und zwar derart, dass die abgeänderte Zahl zwischen die beiden gegebenen Zahlen zu liegen kommt. Man nehme zum Beispiel die Ziffern von π oder die beliebte nichtperiodische Folge 10100100010000…, bei der zwischen zwei Einsen immer eine Null mehr kommt als zuvor.

Ist es so einfach? Leider nein. Das Maß eines Punkts ist null. Ein Intervall – zum Beispiel unsere Eisenstange – ist die Vereinigung aller seiner Punkte (genauer: die Vereinigung aller Mengen, die je genau einen Punkt des Intervalls als Element enthalten). Also wäre das Maß des Intervalls gleich einer Summe von lauter Nullen. Gewiss, eine unendliche Summe von Nullen, aber was soll dabei anderes herauskommen als null? Und selbst wenn 1 dabei herauskäme (zum Beispiel weil wir es durch Dekret so definierten), hätten wir Schwierigkeiten, das Maß eines Teilintervalls zu berechnen. Wir wissen doch: Es gibt eine Bijektion von einem Intervall auf ein beliebiges Teilintervall (siehe den Beitrag »Bijektion«, S. 6). Also enthalten beide Intervalle »gleich viele« Punkte, also hätte jedes Teilintervall dasselbe Maß wie das Ganze, und das wäre nun vollkommen absurd.

▷

MASSTHEORIE

Maß des Grenzwerts, Grenzwert der Maße

Wenn eine Folge von Mengen gegen eine »Grenzmenge« konvergiert, ist dann das Maß der Grenzmenge gleich dem Grenzwert der Maße der Folgenglieder?

Im Allgemeinen nein! Sonst könnte man nämlich beweisen, dass $\pi = 2$ ist.

Die Mengen, um die es hier geht, sind Zusammensetzungen von Kurven, und das Maß einer solchen Menge ist die Gesamtlänge der Kurve beziehungsweise die Summe der Längen aller ihrer Teilstücke.

Es sei ein Halbkreis mit Radius 1 über dem Durchmesser AB gegeben. Die Länge dieses Halbkreises ist nach der klassischen Formel genau π.

Ersetzen wir nun diesen Halbkreis durch zwei Halbkreise der halben Größe, so bleibt die Länge der Gesamtkurve offensichtlich unverändert.

Dasselbe gilt, wenn wir jeden der kleinen Halbkreise durch zwei mit nochmals halbierter Größe ersetzen, und so weiter. Die Gesamtlänge bleibt stets gleich π.

Andererseits strebt die Folge dieser Kurven offensichtlich gegen den Durchmesser AB des ursprünglichen Halbkreises, und dessen Länge ist 2.

Daraus ergibt sich die Gleichung $\pi = 2$. Da das aber offensichtlich Unfug ist, kann die Behauptung mit dem Grenzwert der Maße nicht richtig sein.

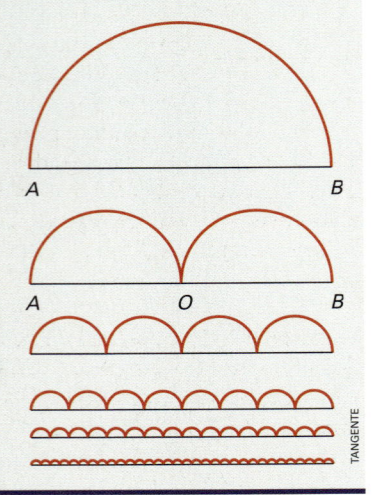

▷ Wo steckt die Lücke im Gedankengang? Für die Berechnung des Maßes von U haben wir nur die Maße abzählbar unendlich vieler Intervalle aufaddiert: $I_0, I_1, I_2, \ldots$ Die Punkte des Intervalls, deren Maße wir soeben aufaddieren wollten, sind dagegen überabzählbar viele. Und dieser kleine, fast esoterisch anmutende Unterschied zwischen den verschiedenen Sorten von Unendlichkeit erweist sich als entscheidend.

Damit können wir endlich unsere Definition von »Maß« von oben vervollständigen. Die dritte Bedingung an ein Maß lautet: Das Maß einer Vereinigung abzählbar unendlich vieler disjunkter Mengen ist gleich der (unendlichen) Summe der Maße der Einzelmengen.

Die moderne Maßtheorie, die großenteils auf dem subtilen Unterschied zwischen den beiden Typen von Unendlichkeit beruht, verdanken wir Henri Lebesgue und seinem Zeitgenossen Émile Borel (1871–1956).

Nur so wenige rationale Zahlen

Was sagt uns all das über die rationalen Zahlen? Sie sind vernachlässigbar! So ist der Sprachgebrauch der Maßtheoretiker, die alles, was das Maß null hat, kurz als »Nullmenge« und damit als vernachlässigbar kennzeichnen. Sie sagen auch, eine Aussage gelte »fast überall«, wenn sie überall mit Ausnahme einer Nullmenge gilt; und fast überall ist in diesem Kontext fast so gut wie überall.

Wie beweist man nun das, was Oresme schon ahnte, aber nicht in logisch einwandfreie Formulierungen kleiden konnte? Entweder man stellt fest, dass $\mathbb{Q}$ abzählbar ist, sich also als abzählbare Vereinigung von einelementigen Mengen schreiben lässt. Diese sind alle vom Maß null, folglich auch $\mathbb{Q}$. Oder man schachtelt $\mathbb{Q}$ ein in eine Vereinigung von Intervallen, deren Maß beliebig klein wird. Das geht zum Beispiel auf folgende, merkwürdig anmutende Weise: Da $\mathbb{Q}$ abzählbar ist, kann man seine Elemente in einer Folge $q_1, q_2, q_3, \ldots$ anordnen. Um jedes dieser q_n legen wir ein Intervall, und zwar so, dass die Intervalle mit zunehmendem n rasch sehr klein werden. Dann ist auch die Summe der Längen dieser Intervalle noch beherrschbar.

Im Einzelnen verläuft der Beweis nach einem beliebten Schema der Analysis, das den Spitznamen »Epsilontik« trägt. Es beginnt nämlich damit, dass man sich eine positive Zahl vorgibt, die man traditionell ε zu nennen pflegt. Zu jedem q_n betrachten wir die Intervalle $J_n = [q_n - \varepsilon/2^{n+1}, q_n + \varepsilon/2^{n+1}]$. Die Vereinigung aller J_n enthält dann nach Konstruktion $\mathbb{Q}$. Da das Maß jedes Intervalls J_n gleich $\varepsilon/2^n$ ist, liefert die Summe $\varepsilon/2 + \varepsilon/4 + \varepsilon/8 + \varepsilon/16 + \ldots = \varepsilon$ eine Abschätzung nach oben für das gesuchte Maß.

Jetzt kommt das klassische Argument der Epsilontik: ε kann beliebig klein gewählt werden. Folglich ist das von ε nach oben abgeschätzte Maß kleiner als jede positive Zahl, also ist es null, was zu beweisen war.

Die Sache mit den Nullmengen ist also ausgesprochen gewöhnungsbedürftig. Eine Menge wie $\mathbb{Q}$ ist immerhin nicht nur unendlich, sondern auch noch dicht: Wo auch immer man sich auf der reellen Zahlengeraden herumtreibt, es findet sich in beliebiger Nähe stets eine rationale Zahl. Aber trotz dieser Omnipräsenz ist die Menge $\mathbb{Q}$ schlicht vernachlässigbar!

Übrigens hilft auch Überabzählbarkeit nicht gegen den Absturz in die Bedeutungslosigkeit. Der berüchtigte Cantorstaub – man nehme dem Einheitsintervall das mittlere Drittel, den verbleibenden Teilintervallen wieder das mittlere Drittel, und so weiter ad infinitum – enthält zwar überabzählbar viele Punkte, ist aber vernachlässigbar. Warum? Die endlichen Vereinigungen von Intervallen, die als Konstruktionsstadien dienen, sind sämtlich Obermengen für den Cantorstaub. Aber deren Gesamtlänge nimmt bei jedem Konstruktionsschritt um ein Drittel ab. Das macht eine geometrische Folge mit dem Quotienten 2/3, und deren Grenzwert ist bekanntlich null. ◁

Diskrete Spielereien

Diese Aufgaben stammen aus der Buchreihe »Que sais-je?«, Nr. 1567 (Aufgabe 1) sowie dem Wettbewerb »Championnat des Jeux Mathématiques et Logiques« (Aufgaben 2 bis 4).
Schwierigkeitsgrad: ** mittel; *** schwer; **** sehr schwer

Ausgewählt von Michel Criton

1. Eine fast harmonische Reihe ***

Die »harmonische Reihe«, das heißt die Summe 1 + 1/2 + 1/3 + 1/4 + ... der Kehrwerte der natürlichen Zahlen, strebt gegen unendlich, aber sehr langsam (siehe »Leonhard Eulers unendliche Summen«, S. 19). Genügt es, die Folge der natürlichen Zahlen ein wenig auszudünnen, um die Divergenz in eine Konvergenz zu verwandeln?

Konkret gefragt: Man streiche von den natürlichen Zahlen alle, die irgendwo in ihrer Dezimaldarstellung eine Zwei enthalten. Wenn man die Kehrwerte der verbleibenden Zahlen addiert, konvergiert diese Summe gegen eine endliche Zahl?

2. Immer wieder Differenzen **

José schreibt die fünf Zahlen 0, 6, 9, 9, 2 in eine Zeile. In die Zeile darunter schreibt er jeweils die Differenz zwischen der darüber stehenden Zahl und ihrer rechten Nachbarin. Man muss sich die Zeile zum Ring geschlossen vorstellen: Als rechte Nachbarin der letzten Zahl gilt die erste. Alle Differenzen werden positiv genommen. Nach demselben System schreibt José eine zweite Zeile unter die erste, darunter eine dritte und so weiter.
Welche fünf Ziffern stehen in der 1992. Zeile?

Ausgangszeile — 0 6 9 9 2
1. Zeile — 6 3 0 7 2
2. Zeile — 3 3 7 5 4

3. Ein diskreter Satz ****

Ein »diskreter« Raum ist ein Raum, in dem alle Punkte ganzzahlige Koordinaten besitzen. Frank behauptet, er habe eine natürliche Zahl n mit folgender Eigenschaft gefunden: Unter allen Dreiecken, die man aus n beliebigen Punkten des diskreten Raums bilden kann, gibt es mit Sicherheit mindestens eines, dessen Schwerpunkt ganzzahlige Koordinaten besitzt; und n ist die kleinste Zahl mit dieser Eigenschaft.
Welche Zahl hat Frank gefunden?

4. Das Hotel Paris ***

Im Hotel Paris sind 16 Zimmer belegt. Herr Eins befindet sich in Zimmer 1, Herr Zwei in Zimmer 2, …, Herr Sechzehn in Zimmer 16. Leider kann der Portier nicht mit dem Computer umgehen und trägt die Namen falsch ein. So steht in der Gästeliste jeder Gast mit einer falschen Zimmernummer.

Der Portier zieht es vor, lieber die Gäste umzuquartieren als seine Liste zu korrigieren. Folglich findet jeder Gast am Morgen nach dem Aufstehen eine Karte an seiner Tür mit der Aufschrift: »Sie befinden sich in Zimmer Nummer X. Ziehen Sie bitte um in Zimmer Nummer Y.«

So steht beispielsweise auf der Karte, die an der Tür von Zimmer 4 angebracht ist: »Sie befinden sich in Zimmer 4. Ziehen Sie bitte um in Zimmer 5.«

Da die Gäste freundlich und kooperativ sind, führen sie die Anweisungen aus. In der nachfolgenden Nacht vergisst der Portier jedoch, die Karten wieder einzusammeln. Also folgen auch am nächsten Morgen die gefügigen, aber dummen Gäste den Anweisungen der Karten. Daraus ergibt sich die folgende Zimmerbelegung:

Gast	Eins	Zwei	Drei	Vier	Fünf	Sechs	Sieben	Acht
Zimmernummer	3	11	15	10	8	14	6	9
Gast	Neun	Zehn	Elf	Zwölf	Dreizehn	Vierzehn	Fünfzehn	Sechzehn
Zimmernummer	13	16	7	4	5	2	1	12

Sie kennen (aus dem Beispiel) den Inhalt der Karte an Zimmer 4.
Was steht auf den anderen Karten?

Lösungen: S. 81

Triumph des Diskreten: Plancks Konstante

Um die Strahlung eines schwarzen Körpers korrekt zu beschreiben, musste Max Planck vom Kontinuierlichen zum Diskreten übergehen. Dabei gab er – fast beiläufig – den Anstoß zu einer revolutionären Theorie: der Quantenmechanik.

Von Benoît Rittaud

Wir schreiben das Jahr 1900. Die Physiker sind mehrheitlich davon überzeugt, dass ihre Arbeit, bis auf einige kleine Umstimmigkeiten, im Wesentlichen erledigt sei. Auf der einen Seite gibt es die Materie, die von den Gesetzen der universellen Gravitation regiert wird (auch wenn man deren Bestandteile, die Atome, noch nicht besonders gut versteht), auf der anderen Seite die elektromagnetische Strahlung, die den Maxwell'schen Gesetzen unterliegt und deren einleuchtendstes Beispiel das sichtbare Licht ist.

Da stellt sich in natürlicher Weise die Frage, wie die Wechselwirkung zwischen Materie und Strahlung beschaffen ist; schon das Beleuchten eines Gegenstands ist eine solche Wechselwirkung. Und genau an dieser Stelle liegt eine der kleinen Unstimmigkeiten, an denen in der Folge die gesamte klassische Physik zerbrechen wird.

Es geht um die Strahlung des »schwarzen Körpers«, das heißt eines Körpers, der alle einfallende Strahlung absorbiert. Experimentell pflegte man ihn durch einen Behälter mit rußgeschwärzten Wänden zu realisieren. Interessant ist ein schwarzer Körper allerdings nur dann, wenn er strahlt, und genau dann ist er nicht mehr schwarz; man denke an zur Weißglut erhitztes Eisen.

Das Wesentliche am schwarzen Körper ist also nicht, dass er keine Strahlung reflektiert, sondern dass die von ihm ausgehende Strahlung ihren Ursprung ausschließlich im Körper selbst hat. Unter dieser Voraussetzung hängt sie nämlich nicht vom Material des Körpers oder sonstigen Eigenschaften ab, sondern nur von seiner Temperatur (siehe Kasten S. 71). Und zwar ist, grob gesprochen, die Frequenz der Strahlung um so höher, je höher die Temperatur ist. Auch bei Zimmertemperatur strahlt ein schwarzer Körper, allerdings im Infrarotbereich, das heißt bei so geringer Frequenz, dass wir die Strahlung nicht sehen können.

Um die Wechselwirkung von Materie und Strahlung zu verstehen, scheint es daher angebracht, den Zusammenhang zwischen der Temperatur des Körpers und der Frequenz der von ihm ausgesandten Strahlung zu erforschen. Die elektromagnetische Strahlung eines Körpers ist durch ihr Spektrum charakterisiert, das heißt durch ihre verschiedenen Frequenzen und deren jeweiligen Beitrag zur Gesamtstrahlung. Rotes Licht hat eine relativ niedrige Frequenz (große Wellenlänge); mit zunehmend höheren Frequenzen und kürze-

Physikalisches Laboratorium im Jahr 1909: Ein Physiker arbeitet an einem Spektrometer, das vor einem Elektroofen aufgestellt ist.

Max Planck (1858–1947) im Jahr 1913. »Die Einführung des Wirkungsquantums h in die Theorie sollte so konservativ wie möglich erfolgen, das heißt, sie sollte nur zu absolut unvermeidlichen Änderungen führen.«

ren Wellenlängen folgen gelbes, grünes, blaues und violettes Licht; noch höherfrequentes (»ultraviolettes«) Licht ist für unsere Augen nicht mehr sichtbar.

Wenn es nur endlich viele verschiedene Frequenzen wären, könnte man sich damit begnügen zu messen, mit welcher Intensität jede dieser Frequenzen zur Gesamtstrahlung beiträgt. In der Realität besteht jedoch ein Spektrum aus einem Kontinuum von Frequenzen (Bild S. 72 oben). Fragt man nach dem Beitrag einer einzelnen Frequenz, so gerät man in die Schwierigkeiten, die in dem Beitrag »Wie viel wiegen die rationalen Zahlen?« (S. 64) ausführlich beschrieben sind: ▷

Die Äquivalenz zweier schwarzer Körper

Die Strahlung eines schwarzen Körpers hängt nur von seiner Temperatur ab.
Nehmen wir an, wir hätten zwei schwarze Körper gefunden, von denen einer bei einer bestimmten Temperatur T in der Umgebung einer bestimmten Frequenz ν eine stärkere Strahlung abgibt als der andere. Verbinden wir nun die beiden schwarzen Körper durch eine kleine Röhre und lassen mit Hilfe eines Filters nur solche Strahlung vom einen zum anderen Körper übergehen, deren Frequenz in der Nähe von ν liegt. Weil der erste Körper stärker bei diesen Frequenzen strahlt als der zweite, empfängt dieser mehr Strahlung, als er an den ersten abgibt. Folglich steigt die Temperatur des zweiten, während die des ersten abnimmt – und das ohne jeglichen Eingriff von außen. Das ist aber nach dem ersten Hauptsatz der Thermodynamik unmöglich.

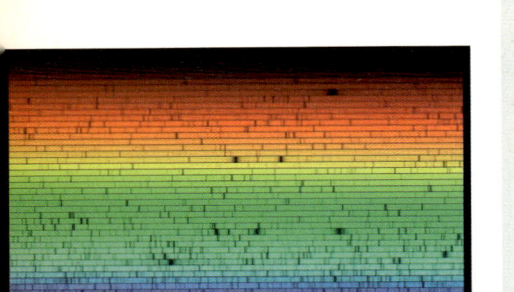

PLANCKS KONSTANTE

Spektren

Nach Gustav Kirchhoff (1824–1867) unterscheidet man drei unterschiedliche Typen elektromagnetischer Spektren in Abhängigkeit von der Strahlungsquelle:

▶ Ein strahlender Körper, gleichgültig ob flüssig oder fest, strahlt Licht aller Wellenlängen aus und liefert somit ein kontinuierliches Spektrum.
▶ Ein heißes leuchtendes Gas sendet sichtbares Licht in der Form eines diskontinuierlichen Emissionsspektrums aus.
▶ Durchquert weißes Licht aus einer Strahlungsquelle ein Gas, so kann dieses gewisse Wellenlängen, an denen dann schwarze Bänder erscheinen, aus dem kontinuierlichen Spektrum auslöschen; man spricht von einem Absorptionsspektrum.

Das erste Sonnenspektrum, aufgenommen von Joseph von Fraunhofer (1787–1826) im Jahr 1817

▷ Ein Punkt wiegt nichts; eine einzelne Frequenz ist nur ein Punkt auf der reellen Achse der Frequenzen und trägt dementsprechend nichts zur Strahlungsleistung bei. Sinnvoll sprechen kann man nur über das Gewicht eines Intervalls, in unserem Kontext über den Beitrag eines »Frequenzbands« der Breite l.

Wir zerlegen also das Spektrum in Bänder der Breite l, messen die Strahlungsintensität in jedem Band und tragen das Ergebnis in einem Diagramm auf: für jedes Band ein Rechteck, dessen Breite gleich der Breite des Bands und dessen Höhe gleich der gemessenen Intensität ist.

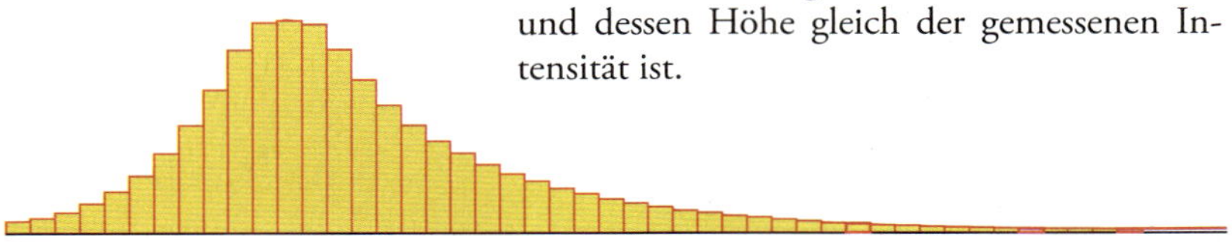

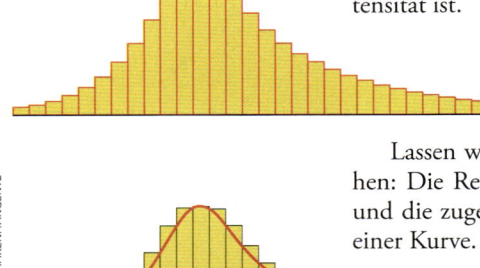

Lassen wir nun die Breite l gegen null gehen: Die Rechtecke werden immer schmaler, und die zugehörigen Diagramme nähern sich einer Kurve.

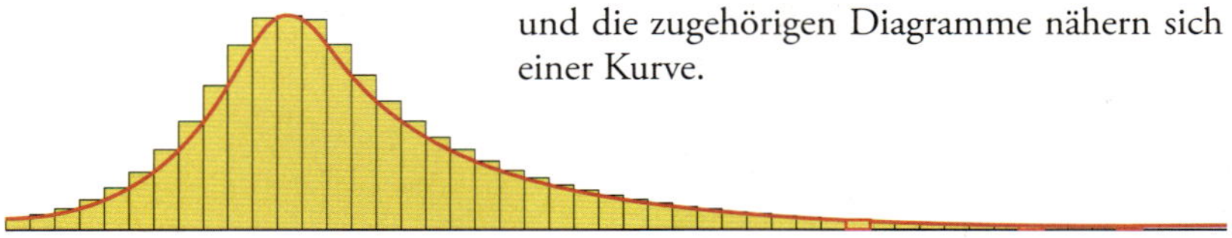

Die zugehörige Funktion nennt man die Spektraldichte ρ_T. Sie drückt die Verteilung der Frequenzen einer elektromagnetischen Strahlung aus.

Wir haben soeben – unter Verzicht auf logische Strenge, die man aber nachholen könnte – einen Übergang vom Diskreten zum Kontinuierlichen vollzogen: ein klassisches Verfahren der Analysis, das seit dem 17. Jahrhundert praktiziert wird. Im vorliegenden Fall ist der Übergang physikalisch gerechtfertigt durch die Tatsache, dass alle Frequenzen zugelassen sind und keine von ihnen eine besondere Rolle spielt. Kontinuierliche Verteilungen samt zugehöriger Dichtefunktion – in unserem Fall der Spektraldichte – erfordern zwar einen höheren begrifflichen Aufwand; aber hinterher ist das Rechnen mit ihnen häufig einfacher. An die Stelle einer Summe tritt nämlich ein Integral; das ist zwar zunächst auch viel schwieriger zu verstehen als eine schlichte Summe, aber meistens einfacher zu berechnen (siehe Kasten S. 74).

Die Formel von Rayleigh und Jeans

Aus den Gesetzen des Elektromagnetismus lässt sich herleiten, dass sich die Spektraldichte ρ_T bis auf eine multiplikative Konstante in der Form

$$\rho_T(\nu) = \langle E(T) \rangle \nu^2$$

schreibt. Dabei bedeutet $\langle E(T) \rangle$ die mittlere Energie der Quellen der Strahlung in der Wand des schwarzen Körpers.

Was sind diese Quellen? Heute würde man sagen: die Elektronen, die von einem angeregten Zustand in den Grundzustand zurückspringen und dabei ein Photon emittieren. Aber wir sind ja im Jahr 1900. Man hatte zwar schon eine Vorstellung von Elektronen, glaubte aber noch, sie würden sich gemäß den Gesetzen des Elektromagnetismus in einer homogen positiv geladenen Kugel bewegen. Als Max Planck seine theoretischen Überlegungen anstellte, ließ er sich auf Spekulationen über deren Natur nicht ein – und hatte es auch gar nicht nötig. Es genügt, »dass man also die Emission von Wärmestrahlen als bedingt ansieht durch die Aussendung elektromagnetischer Wellen von Seiten gewisser elementarer Oscillatoren, die man sich in irgend einem Zusammenhang mit den ponderablen Atomen der strahlenden Körper vorstellen mag«, so Planck in seiner Arbeit »Ueber irreversible Strahlungsvorgänge« von 1900.

Diese »Oscillatoren« darf man sich wie Federpendel vorstellen: Eine Masse m schwingt mit der Frequenz ν; ihre potenzielle Energie ist proportional dem Quadrat ihrer Auslenkung q aus der Gleichgewichtslage, ihre kinetische Energie proportional dem Quadrat ihres Impulses p. Für die Gesamtenergie ergibt sich die Formel

$$E(p,q) = \frac{p^2}{2m} + \frac{m\omega^2 q^2}{2},$$

wobei $\omega = 2\pi\nu$ gesetzt wird (die Federkonstante unserer gedachten Schraubenfeder erscheint also gar nicht explizit in der Formel, sondern nur indirekt über die Frequenz). Die Menge aller möglichen Zustände des Oszillators, der so genannte Phasenraum, hat lediglich die Koordinaten p und q: Der Oszillator schwingt nur in einer Richtung, und sein Zustand ist durch Ort und Impuls vollständig beschrieben. Also lässt sich der Phasenraum als Ebene darstellen. In dieser Ebene beschreibt der Zustand des Oszillators im Verlauf der Zeit eine Bahn.

Ein schwarzer Körper enthält nicht nur einen einzigen Oszillator, sondern sehr viele. Jeder dieser Oszillatoren hat seinen eigenen Zustand, beschrieben durch die Werte p und q, und dementsprechend seine eigene Energie; allerdings haben sie alle dieselbe Frequenz, da man die Spektraldichte in der Nähe einer bestimmten Frequenz sucht. Also muss man sich eine sehr große Zahl von Bahnen im Phasenraum vorstellen.

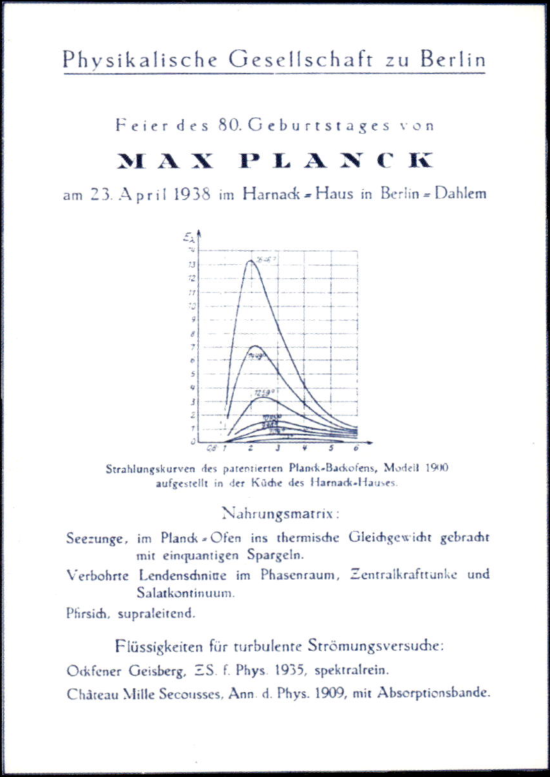

Von dem ganzen Gewimmel interessiert uns nur eine Zahl, nämlich $\langle E(T) \rangle$, der Mit- ▷

Während des offiziellen Festakts der Deutschen Physikalischen Gesellschaft zu Plancks 80. Geburtstag wurde dem französischen Physiker Louis de Broglie die Max-Planck-Medaille verliehen – im Vorfeld des Zweiten Weltkriegs eine Demonstration der Unabhängigkeit, mit der es wenige Monate später vorbei war.

PLANCKS KONSTANTE

▷ telwert der Energie zu gegebener Temperatur T. Dazu müssen wir zunächst bestimmen, wie häufig zu gegebener Auslenkung q und zu gegebenem Impuls p die Oszillatoren sind, die genau diese Werte p und q annehmen. Dann nehmen wir die nach obiger Formel zu p und q gehörige Energie, multiplizieren sie mit der Häufigkeit der Oszillatoren zu p und q, addieren alle diese Produkte auf und teilen durch die Gesamtanzahl an Oszillatoren. Daran ist nichts Geheimnisvolles: Jeder Notendurchschnitt wird auf dieselbe Weise berechnet. Man nimmt jede Note mal der Anzahl der Klassenarbeiten, die mit dieser Note bewertet wurden, und teilt durch die Gesamtzahl der Klassenarbeiten.

Nur tritt hier wieder die Schwierigkeit auf, dass p und q nicht diskret, sondern kontinuierlich variieren. Deswegen steht anstelle einer Summe ein Integral. Es ist auch nicht sinnvoll zu fragen, wie viele Oszillatoren es zu den genauen Werten p und q gibt, sondern wie viele in einem kleinen Intervall zwischen p und $p + dp$ sowie q und $q + dq$ liegen. (Dabei bezeichnen dp und dq »Differenziale«, das sind beliebig kleine Größen. Die Physiker verstehen diese mathematisch etwas dubiosen »infinitesimalen Größen« korrekt und intuitiv einleuchtend anzuwenden.) Diese Anzahl $P(p, q)\,dp\,dq$ ist proportional $e^{-E(p, q)/(kT)}\,dp\,dq$, wobei $k = 1{,}38 \cdot 10^{-23}$ Joule pro Kelvin die Boltzmann-Konstante ist.

Dieses Ergebnis verdanken wir der von Ludwig Boltzmann (1844–1906) erarbeiteten statistischen Physik: Der Zustand (p, q) eines einzelnen Oszillators ist mehr oder minder beliebig und in der Praxis ohnehin nicht bestimmbar; auf eine große Anzahl von Oszillatoren dagegen sind statistische Gesetze anwendbar. Mit deren Hilfe kann man sehr genau die Wahrscheinlichkeit dafür berechnen, dass ein Oszillator sich in einem bestimmten Zustand befindet. Und relative Häufigkeiten sind bis auf zufällige Abweichungen nichts weiter als Wahrscheinlichkeiten.

Die Punkte des Phasenraums, welche zu einer Energie E gehören, liegen übrigens alle in einer Ellipse mit den Halbachsen

$$\frac{1}{\omega}\sqrt{\frac{2E}{m}} \quad \text{und} \quad \sqrt{2mE}.$$

Der Flächeninhalt dieser Ellipse errechnet sich nach der Formel $S = \pi a b$ (wobei a und b die beiden Halbachsen sind) zu

$$S(E) = 2\pi E/\omega = E/\nu.$$

Bezeichnen wir mit dS den elliptischen Ring, der zwischen den Energien E und $E + dE$ liegt, wobei dE wieder ein sehr kleiner (»infinitesimaler«) Wert sein soll.

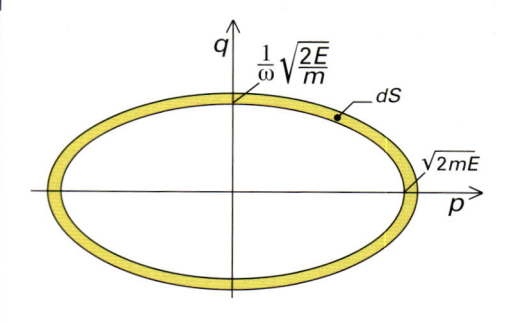

Kontinuierlich ist einfacher als diskret

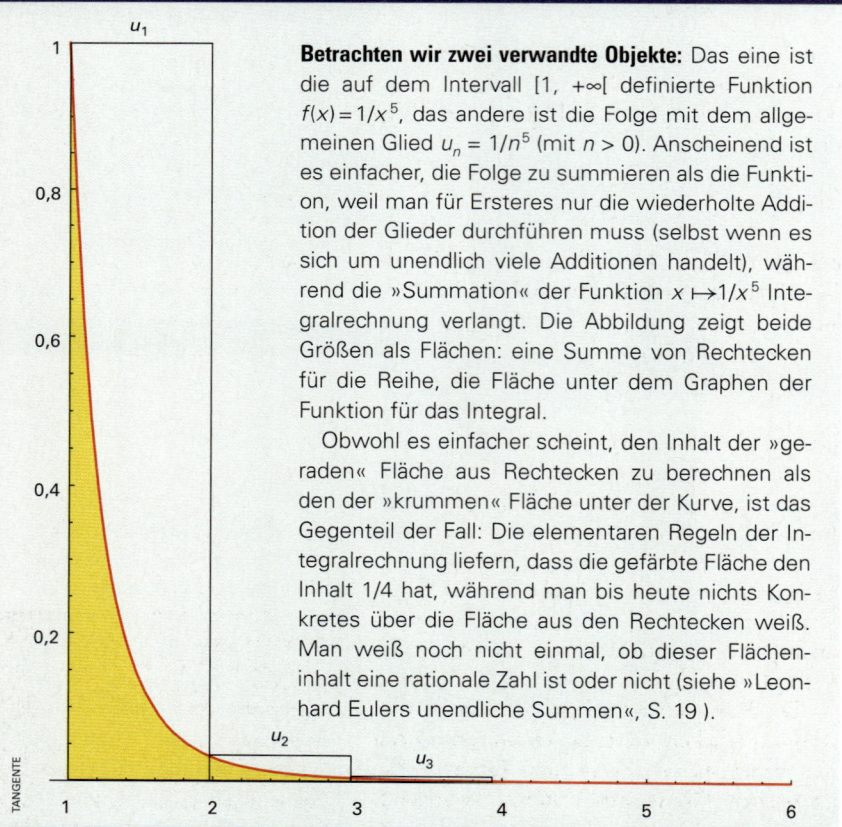

Betrachten wir zwei verwandte Objekte: Das eine ist die auf dem Intervall $[1, +\infty[$ definierte Funktion $f(x) = 1/x^5$, das andere ist die Folge mit dem allgemeinen Glied $u_n = 1/n^5$ (mit $n > 0$). Anscheinend ist es einfacher, die Folge zu summieren als die Funktion, weil man für Ersteres nur die wiederholte Addition der Glieder durchführen muss (selbst wenn es sich um unendlich viele Additionen handelt), während die »Summation« der Funktion $x \mapsto 1/x^5$ Integralrechnung verlangt. Die Abbildung zeigt beide Größen als Flächen: eine Summe von Rechtecken für die Reihe, die Fläche unter dem Graphen der Funktion für das Integral.

Obwohl es einfacher scheint, den Inhalt der »geraden« Fläche aus Rechtecken zu berechnen als den der »krummen« Fläche unter der Kurve, ist das Gegenteil der Fall: Die elementaren Regeln der Integralrechnung liefern, dass die gefärbte Fläche den Inhalt $1/4$ hat, während man bis heute nichts Konkretes über die Fläche aus den Rechtecken weiß. Man weiß noch nicht einmal, ob dieser Flächeninhalt eine rationale Zahl ist oder nicht (siehe »Leonhard Eulers unendliche Summen«, S. 19).

Der Anteil $P(E)\,dE$ der Oszillatoren, deren Energie zwischen E und $E + dE$ liegt, ist bis auf eine Normierungskonstante gegeben durch das Integral

$$\int_{dS} P(p, q)\,dp\,dq,$$

was nach Obigem gleich

$$e^{-E/(kT)}\,dE / \nu$$

ist. Der gesuchte Mittelwert $\langle E(T) \rangle$ errechnet sich dann mit Hilfe des Integrals

$$\int_0^\infty E\,P(E)\,dE.$$

Das ist allerdings nur der Zähler (»Summe über Note mal Anzahl der Klassenarbeiten mit dieser Note«) des Bruchs, der uns interessiert; der Nenner (»Anzahl aller Klassenarbeiten«) ist

$$\int_0^\infty P(E)dE = \int_0^\infty e^{-E/(kT)}dE .$$

Insgesamt erhält man

$$\langle E \rangle = \frac{\int_0^\infty E e^{-E/(kT)} dE}{\int_0^\infty e^{-E/(kT)} dE}$$

Die Berechnung der beiden Integrale auf der rechten Seite ist eine klassische Übungsaufgabe zur partiellen Integration. Man erhält den extrem einfachen und eleganten Ausdruck

$$\langle E(T) \rangle = kT.$$

Setzt man diesen in die Formel für die Spektraldichte ein, so ergibt sich (bis auf eine multiplikative Konstante):

$$\rho_T(\nu) = kT\nu^2$$

Das ist die Formel von Rayleigh und Jeans, die sich zwangsläufig aus den Gesetzen des Elektromagnetismus und der Thermodynamik ergibt.

Der Graph dieser Funktion gibt für niedrige Frequenzen gut die experimentellen Fakten wieder, gerät aber für wachsende Frequenzen immer mehr in Widerspruch zu ihnen. Auch vom Standpunkt der reinen Theorie aus ist zu erkennen, dass die Formel nicht richtig sein kann: Die Gesamtenergiedichte ist gleich dem Integral der Strahlungsdichte über alle Werte von ν, das heißt von null bis unendlich. Da aber die Strahlungsdichte nach Rayleigh und Jeans proportional zu ν^2 ist, wäre die Gesamtenergie unendlich, was offensichtlich nicht sein kann. Im Ultravioletten, das heißt bei den höheren Frequenzen, wird die Formel von Rayleigh und Jeans zunehmend falsch, was seinerzeit die »Ultraviolettkatastrophe« genannt wurde.

Revolutionär wider Willen

Das Problem wurde zugleich mit einigen anderen von Max Planck (1856–1947) gelöst. Seine Idee löste eine Revolution aus, die ihrem Urheber in der Seele zuwider war. Mehrere Jahrzehnte lang versuchte der eigentlich konservative Planck vergeblich, die physikalische Sprengkraft seiner eigenen Entdeckung herunterzuspielen.

Die erste Version der sehr komplexen Berechnungen Plancks füllte viele Seiten; aber Planck selbst, der seiner eigenen Entdeckung misstraute, suchte und fand mehrere unterschiedliche mathematische Begründungen, darunter die folgende:

Unsere Berechnung von $\langle E(T) \rangle$ als Quotient zweier Integrale beruht auf der Vorstellung, dass die Energie eine kontinuierliche Größe ist, also jeden beliebigen Zahlenwert annehmen kann. Planck dagegen postulierte, dass die Energie nur diskrete Werte annehmen kann, und zwar ganzzahlige Vielfache der Größe $h\nu$. Dabei ist ν nicht mehr eine kontinuierlich variable Frequenz, sondern eine feste Grundfrequenz, und die von Planck eingeführte Proportionalitätskonstante h wurde in der Folge als »Planck'sches Wirkungsquantum« zur fundamentalen Größe der Quantenmechanik.

Durch diesen kühnen Schritt ist der Energiemittelwert nicht mehr ein Quotient zweier Integrale, sondern, wie beim Notendurchschnitt, ein Quotient zweier Summen – unendlicher Summen allerdings:

$$\langle E \rangle = \frac{\sum_{n \geq 0}(nh\nu) e^{-(nh\nu)/(kT)}}{\sum_{n \geq 0} e^{-(nh\nu)/(kT)}}$$

Verwenden wir die Abkürzung $z = e^{-h\nu/(kT)}$, so wird die Gleichung deutlich übersichtlicher:

$$\langle E \rangle = \frac{h\nu \sum_{n \geq 0} n z^n}{\sum_{n \geq 0} z^n}$$

Die beiden auftretenden Potenzreihen sind wohlbekannt; die im Nenner ergibt als Summe $z/(1-z)^2$ und die im Zähler $1/(1-z)$. Folglich ergibt sich

$$\langle E \rangle = \frac{h\nu e^{-h\nu/(kT)}}{1 - e^{-h\nu/(kT)}}$$

oder schließlich (bis auf eine multiplikative Konstante, die man auch noch hätte herleiten können):

$$\rho_T(\nu) = \frac{h\nu^3}{e^{h\nu/(kT)} - 1}$$

Das ist die Planck'sche Formel. Sie stimmt perfekt mit den experimentellen Daten überein – vorausgesetzt, man wählt den Wert von h passend (ungefähr $6{,}626 \cdot 10^{-34}$ Joule mal Sekunde). Anders als in der Formel von Rayleigh und Jeans geht die Spektraldichte in der Planck'schen Formel gegen 0, wenn ν gegen unendlich geht. Damit ist die Ultraviolettkatastrophe erledigt.

Die Konsequenzen dieses Übergangs vom Kontinuierlichen zum Diskreten erschütterten wenig später das gesamte Gebäude der klassischen Physik und führten geradewegs zur Quantenmechanik. ◁

LITERATUR

Ueber das Gesetz der Energieverteilung im Normalspectrum. Von Max Planck in: Annalen der Physik, Bd. 309, S. 553, 1901

Ueber irreversible Strahlungsvorgänge. Von Max Planck in: Annalen der Physik, Bd. 306, S. 69, 1900

Das Hotel Hilbert

Unendliche Mengen sind paradox? Nicht wirklich, aber sie sind zweifellos fremdartig, überraschend, verstörend. Auf dem Weg ins Unendliche sollte man zumindest eine Nacht in Hilberts Hotel zubringen – auch wenn es eine ziemlich unruhige Nacht wird.

Von Francis Casiro

Am Bolzano-Platz im Zentrum der betriebsamen Metropole Cantorstadt stehen zwei traditionsreiche Hotels: das Ritz und das Hilbert.

Ein verspäteter Reisender klopft an die Nachtpforte des Ritz und fragt den schlaftrunkenen Portier nach einem Zimmer für die Nacht.

»*Alles belegt*«, antwortet dieser.

»*Aber Sie haben doch 100 Zimmer, nach Ihrer Leuchtreklame*«, erwidert der Neuankömmling.

»*Die sind aber sämtlich vergeben. Da niemand sein Zimmer mit einem anderen Gast teilen möchte, kann ich nichts für Sie tun. Um Sie unterzubringen, müsste ich einen Gast hinauswerfen, und das kommt nicht in Frage. Ihr Problem ist unlösbar. Bedaure.*«

Missgestimmt wendet sich unser Reisender auf der anderen Seite des großen Platzes dem Hotel Hilbert zu, einem Prachtbau mit monumentaler Fassade, dessen Seitenflügel sich im Nebel verlieren.

Stets ausgebucht

Das Hotel Hilbert ist in einem Punkt bemerkenswert: Es hat kein letztes Zimmer!

Stellen wir uns der Einfachheit halber einen Gang ohne Ende vor, daran das Zimmer mit der Nummer 1, dann das Zimmer mit der Nummer 2 und so weiter. Irgendwann kommt man zum Zimmer 31415, es folgt Zimmer 31416. Auf das Zimmer mit der Nummer n folgt immer das Zimmer mit der Nummer $n + 1$. Der Flur sieht überall gleich aus, einerlei wo man steht. Alles spricht dafür, dass das Hotel Hilbert unendlich viele Zimmer hat.

Voller Hoffnung wendet sich unser Reisender an den Portier.

»Ich hätte gerne ein Zimmer, bitte.«

»Wir sind voll belegt«, antwortet der Portier und zwirbelt sich den Schnurrbart.

»Das kann ich mir nicht vorstellen. Sie haben doch unendlich viele Zimmer!«

»Schon, aber unser Geschäft läuft gut«, antwortet der Herrscher der Zimmerschlüssel mit einem breiten Lächeln. »Aber keine Sorge: Wir regeln das für Sie. Unsere Hotelgäste sind sehr kooperativ. Mit ihrer Hilfe werden Sie in einigen Minuten ein Zimmer haben und können beruhigt schlafen. Unsere Devise heißt ›Der Kunde ist unendlich zufrieden‹, und wir haben sie bisher noch immer erfüllt.«

»*Gestatten Sie, dass ich an Ihrem Verstand zweifele*«, erwidert der Reisende. »*Es ist unmöglich, ein solches Problem zu lösen.*«

Verschiebung

»*Im Gegenteil: Nichts ist einfacher*«, gibt der Portier zurück. »*Ich benötige nur diese Telefonanlage. Damit kann ich allen Gästen dieselbe Nachricht übermitteln: ›Bitte ziehen Sie ins nächste Zimmer um.‹* «

»*Verstehe ich nicht.*«

»*Der Gast in Zimmer 1 wird nach Zimmer 2 wandern, derjenige in 2 kommt nach 3, der von 3 nach 4 und so weiter. Allgemein wird* ▷

▽ Ein kleiner nächtlicher Massenumzug im unendlichen Hotel Hilbert

UNENDLICHE MENGEN

der Gast aus dem Zimmer Nummer n nach Zimmer n + 1 umziehen. Da wir kein letztes Zimmer haben, werden alle Gäste in einem neuen Zimmer unterkommen. Zimmer 1 ist dann frei, und Sie können es belegen« (Bild auf der vorigen Seite unten).

»Fantastisch«, sagt der Reisende. Und einen Moment später: »Ich verstehe. Wenn nun zwei neue Gäste Zimmer von Ihnen verlangen und das Hotel wieder voll belegt ist, schicken Sie einfach alle Gäste zwei Nummern weiter, um die Neuen unterzubringen: Der Bewohner von Zimmer 1 geht nach 3, der von 2 nach 4 und so weiter.«

»Ich sehe, mein Herr, Sie haben den Geist des Hauses verstanden. Im Übrigen kommt es auf die Anzahl der Neuankömmlinge nicht an, nicht im Mindesten: Ich könnte zusätzlich eine Million Gäste unterbringen, wenn es erforderlich wäre.«

»Ach so: Der Gast aus Nummer 1 kommt nach Nummer 1 000 001, der aus 2 nach 1 000 002 und so weiter.«

Großer Andrang

Beruhigt wendet sich der Gast zum Gehen. Plötzlich zögert er, bleibt sinnend stehen, den halb erhobenen Koffer in der Hand, und fragt nach einigen Sekunden angestrengten Nachdenkens den Portier:

»Aber wenn nun unendlich viele Reisende ein Zimmer möchten und das Hotel voll belegt wäre, dann wären selbst Sie überfordert.«

»Meinen Sie? Das Problem hatten wir schon.«

»Und Sie haben eine Lösung gefunden?«

»Ja – und es war nicht allzu schwierig. Ich glaube, Sie könnten das auch.«

»Oh nein, das ist zu viel für einen müden Reisenden. – Aber warten Sie! Die Idee der Verschiebung funktioniert immer noch. Es beginnt wie bei einem einzelnen Reisenden. Man macht nach dem bereits bekannten Verfahren das Zimmer 1 frei und gibt das dem ersten Neuankömmling. Dann besteht dieselbe Situation wie zuvor. Also bittet man um einen weiteren Massenumzug, der das Zimmer 1 frei macht. Dort wird der zweite Neuankömmling untergebracht, und das Ganze fängt von vorne an.«

»Verzeihung, aber Sie sind wirklich müde. Kein Gast könnte mehr schlafen, wenn man so verfahren würde, denn alle wären ständig in Bewegung. Und dann bräuchte Ihre Lösung unendlich viel Zeit. Nein, das geht nicht. Aber die Lösung liegt eigentlich auf der Hand.«

»Ich sehe sie nicht«, erwidert der leicht verärgerte Reisende.

»Ich muss nur jeden Gast bitten, in das Zimmer umzuziehen, dessen Nummer genau doppelt so groß ist wie seine bisherige Zimmernummer. Die 1 geht nach 2, die 2 nach 4, die 3 nach 6 und so weiter, allgemein n nach 2n. So werden unendlich viele Zimmer frei. Der erste Ankömmling geht nach Zimmer 1, der zweite nach 3, der dritte nach 5 und so weiter. Der n-te Neuankömmling bekommt das Zimmer Nummer 2n–1.«

»Ach so. Man bittet die alten Gäste in die Zimmer mit den geraden Nummern und die neuen in die Zimmer mit den ungeraden.«

»Genau.«

»Da kann ich ja beruhigt schlafen gehen«, stellt der Reisende fest. »Ich denke, schwierigere Probleme der Zimmerverteilung gibt es nicht. Wo sollen denn mehr als unendlich viele Reisende auf einmal herkommen!«

Rekordandrang

Wieder kommt der Gast nicht weit mit seinem Koffer, denn der Portier ruft ihm nach: »Täuschen Sie sich da nicht. Ein Kollege vom Planeten Dedekind hat mir eine sehr ungewöhnliche Geschichte erzählt. Er arbeitet für die Hotelkette Cantor, die unendlich viele Hotels namens Cantor 1, Cantor 2, …, Cantor n … betreibt. Jedes Cantor-Hotel hat unendlich viele Zimmer.

Um Energie zu sparen, beschloss die Direktion eines Abends, alle Hotels bis auf das erste zu schließen und alle obdachlos gewordenen Gäste in Cantor 1 unterzubringen. Das Verfahren, das wir eben diskutiert haben, ist nicht mehr an-

Unendlich viele Neuankömmlinge finden Platz, indem sie die Zimmer mit ungeraden Nummern beziehen; zuvor haben die bisherigen Bewohner ihre Zimmer gegen solche mit doppelter Nummer eingetauscht.

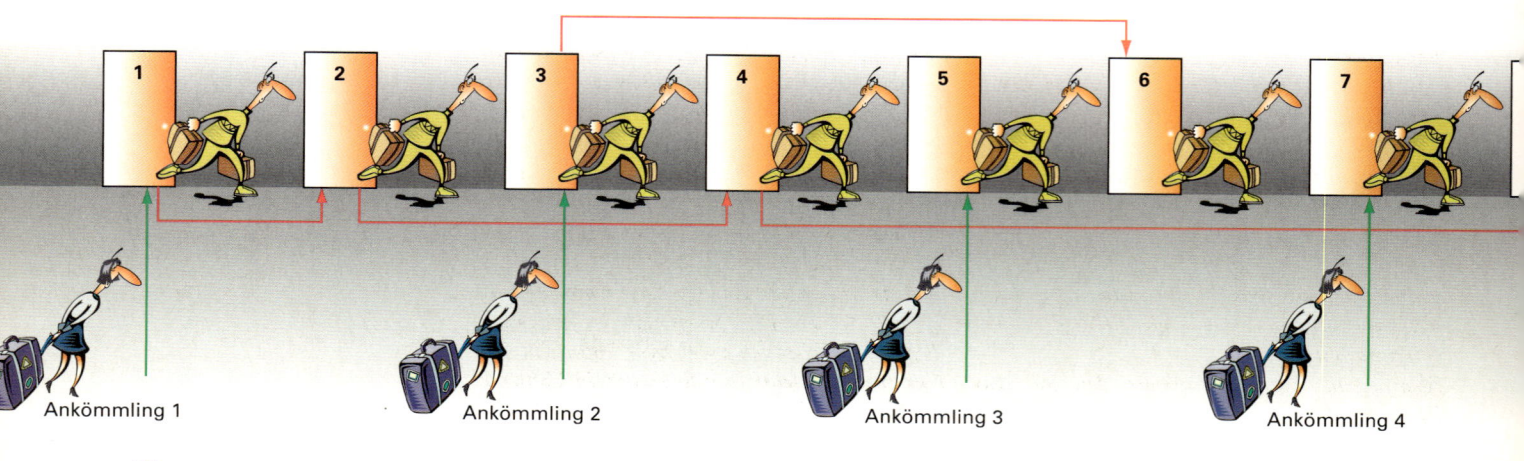

wendbar, denn man müsste es unendlich oft ausführen. Das würde unsere Gäste um den Schlaf bringen. Mehr als einmal pro Nacht darf man einen Gast nicht umquartieren, lautet die eherne Regel. Sehen Sie, wie es trotzdem geht?«

»Wie? Unendlich viele Mengen von jeweils unendlich vielen Gästen unterbringen?«

»Jawohl, es geht«, erwidert der Portier. »Es gibt sogar unendlich viele Lösungen. Eine der einfachsten geht folgendermaßen: Wir zeichnen die ursprüngliche Belegung aller Cantor-Hotels auf einen Plan und weisen jedem Gast seine neue Zimmernummer nach einem spiralförmigen Schema zu.«

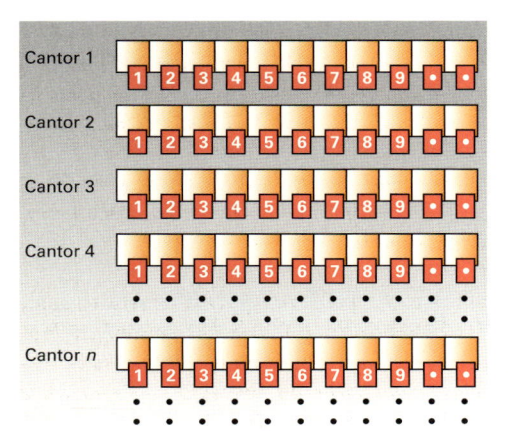

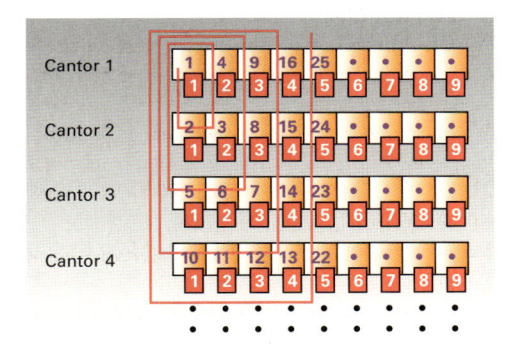

(Der erste Gast aus Cantor 1 bekommt Zimmer 1, der erste Gast aus Cantor 2 Zimmer 2, der vierte Gast aus Cantor 3 wandert nach Zimmer 14, der zweite Gast aus Cantor 4 nach 11, …)

»Bekommt so wirklich jeder ein Zimmer?«, zweifelt der Reisende.

»Das ist es ja gerade. Schauen Sie sich die Zeichnung genauer an. Die ersten n Gäste der ersten n Hotels bekommen in meinem Hotel die Zimmer mit den Nummern 1 bis n^2. Wo schicken wir die Gäste hin? Für die bisherigen Bewohner von Cantor 1 ist die Sache einfach. Sie wechseln nicht das Hotel, sondern ziehen nur von n nach n^2.

Aber nehmen wir zum Beispiel den Gast aus Zimmer 217 in Cantor 136. In das Zimmer Nummer 217^2 in Cantor 1 kommt der ehemalige Bewohner von Zimmer 217 aus Cantor 1. Sein linker Nachbar (Zimmer 217^2-1) wird der Gast, der in Cantor 2 Zimmer 217 bewohnte. So füllt sich der Flur von rechts nach links mit allen Bewohnern der Zimmer mit der Nummer 217. Insbesondere landet unser Beispielmensch aus Zimmer 217 in Cantor 136 in dem Zimmer mit der Nummer 217^2-135.

Allgemein gesprochen: Der Gast aus dem Zimmer n des Hotels Cantor m bekommt das Zimmer m^2-n+1, falls $n > m$ ist, und das Zimmer Nummer $(m-1)^2+n$, falls $n \le m$ ist.«

»Genial!«

»Der Herr sind zu gütig«, erwidert der Portier mit falscher Bescheidenheit.

»Aber – Moment! es gibt eine Lücke in dieser Überlegung.«

»Und zwar?«

»Vielleicht sind ja die Zimmer Ihres Hotels gar nicht frei, wenn die Gäste der Cantor-Kette eintreffen. Was machen Sie dann?«

»Oh, das ist eine unserer leichtesten Übungen«, erwidert der Portier und richtet seine Schnurrbartspitzen mit geübtem Griff himmelwärts. »Ich mache alle Zimmer mit gerader Nummer frei, indem ich meine sämtlichen Gäste bitte, von Zimmer n nach $2n-1$ umzuziehen. Ein kleines Entgegenkommen an Sie«, mit besonders gewinnendem Lächeln zu seinem Gesprächspartner: »Der Gast in Zimmer 1 ist der einzige, der sich nicht bewegen muss. Dann muss ich nur noch jeden Neuankömmling nicht in das ursprünglich vorgesehene Zimmer einweisen, sondern in das mit der doppelten Zimmernummer. Und schon sind unendlich viele Gäste unendlich zufrieden.«

Primzahlen für den besonderen Service

»Und das ist noch lange nicht alles. Wir können auch von Anfang an eine Zuweisung vornehmen, die nicht nur alle Gäste der Cantor-Kette unterbringt, sondern auch noch unendlich viele Zimmer frei lässt«, fährt der Portier fort. »Das ist hilfreich für den Fall, dass ein Reisebus mit unendlich vielen Plätzen zur Unzeit eintrifft oder« – er senkt seine Stimme – »manche Gäste lieber nach nebenan ausweichen, als Wand an Wand mit einem der Schnarcher aus Cantor 728 zu logieren. Solche Dinge kann man dann diskret lösen, ohne gleich das ganze Hotel in Aufruhr zu versetzen.«

»Sie erstaunen mich«, sagt der Reisende.

»Nichts einfacher als das, mein Herr. Betrachten wir die unendliche Abfolge der Primzahlen: 2, 3, 5, 7, 11, 13, 17, 19, 23, 29, … Geben wir dem n-ten Reisenden in Cantor 1 das Zimmer Nummer $2n$, dem n-ten Reisenden in Cantor 2 das Zimmer Nummer $3n$ und so weiter. Der n- ▷

UNENDLICHE MENGEN

David Hilbert

In Vorträgen für das allgemeine Publikum pflegte David Hilbert (1862–1943) die scheinbaren Paradoxien des Unendlichen anhand der Leiden der Gäste eines unwahrscheinlichen Hotels zu erläutern. Seitdem ist die Idee von vielen Leuten, insbesondere Mathematikern, aufgegriffen und weiterentwickelt worden. Der polnische Autor Stanisław Lem hat sogar einen Sciencefiction-Roman mit dem Titel »Hilberts Hotel« geschrieben.

Hilbert war einer der größten Mathematiker aller Zeiten; und naturgemäß standen Fragen des Unendlichen immer wieder im Zentrum seines Interesses. Er sagte: »Mehr als jede andere Frage hat das Problem des Unendlichen das Denken der Menschen beschäftigt; mehr als jede andere Idee hat diejenige des Unendlichen ihre Intelligenz herausgefordert und befruchtet; mehr als jeder andere Begriff erfordert es derjenige des Unendlichen, geklärt zu werden.«

Jede Frage zum Unendlichen müsse sich in »finitistischer« Weise, das heißt mit endlichem Aufwand an gedanklichen Mitteln, lö-

◀ Zu den Zeiten, als Göttingen noch das Weltzentrum der Mathematik war, gab es Postkarten mit den Portraits seiner Helden zu kaufen – zum Beispiel von Hilbert.

sen lassen. Das Induktionsprinzip (siehe den Beitrag »Induktion: die Leiter ins Unendliche« von Norbert Verdier) ist ein solches endliches Mittel: Mit einer geringen Anzahl von Axiomen erfasst es die unendlich vielen natürlichen Zahlen.

Mit »Endlichkeitssätzen« gelang es Hilbert in vielen Fällen nachzuweisen, dass eine unendliche Vielfalt mathematischer Objekte »endlich erzeugt« ist. Das heißt, jedes dieser Objekte kann aus einem Baukasten zusammengebaut werden, der nur endlich viele verschiedene Grundbausteine enthält (allerdings stehen von jedem Baustein beliebig viele Exemplare zur Verfügung).

Hilbert war überzeugt, dass – auf diesem oder einem ähnlichen Weg – alle mathematischen Wahrheiten dem menschlichen Geist zugänglich seien: »Der wahre Grund dafür, dass man kein unlösbares Problem gefunden hat, besteht meiner Ansicht nach darin, dass ein unlösbares Problem schlechterdings nicht existiert. Anstatt ›ignorabimus‹ zu sagen, sollte unsere Devise im Gegenteil sein: Wir können nicht nicht wissen. Wir werden wissen.«

Der Satz von Gödel hat diese Hoffnung und diesen Anspruch zerstört. Die Wahrheiten sind weit davon entfernt, sämtlich beweisbar zu sein.

▷ te Reisende von Cantor m erhält das Zimmer mit der Nummer p_m^n, wobei p_m die m-te Primzahl ist. Und Sie wissen doch, die Eindeutigkeit der Primfaktorzerlegung …: $p^r = q^s$ für unterschiedliche Primzahlen p und q und natürliche Zahlen r und s kommt einfach nicht vor. Also bekommen niemals zwei Reisende dasselbe Zimmer zugewiesen.«

»Das schaffen Sie nicht in einer Nacht«, entgegnet der Reisende.

»Ich habe es noch nicht ausprobiert. Aber warum nicht?«

»Es gibt keine Formel, die einem die n-te Primzahl liefern würde, ohne dass man zuvor alle kleineren Primzahlen bestimmt hätte. Man kennt auch noch kein deterministisches Verfahren, das einem schnell und zuverlässig sagt, ob eine Zahl prim ist oder nicht. Das Zerlegen einer sehr großen Zahl kann mehrere Millionen Jahre dauern. Da werden die Leute aus Cantor 1 000 000 ungeduldig, während Sie deren Zimmernummern ausrechnen; und die anderen unendlich vielen Gäste aus unendlich vielen Hotels stehen auch noch Schlange.«

»Sie haben Recht, mein Herr«, sagt der Portier und senkt entschuldigend das Haupt. »Dieses Verfahren ist in der Tat rein theoretisch. Aber eine winzig kleine Abwandlung macht es praktikabel.«

»Ich bin ganz Ohr.«

»Wir brauchen nur die beiden Primzahlen 2 und 3. Das ist einfach. Es genügt, dem n-ten Reisenden aus Cantor m das Zimmer mit der Nummer $2^n \cdot 3^m$ zuzuweisen. Wieder rettet uns die elementare Arithmetik. Ist $m \neq p$ oder $n \neq q$, so ist $2^m 3^n \neq 2^p 3^q$. Also streiten sich nirgends zwei Gäste um ein und dasselbe Zimmer. Und obendrein preist jeder die himmlische Ruhe; denn abgesehen von den kleineren Zimmernummern logiert der nächste Schnarcher meistens weit entfernt.«

»Genial«, sagt der Reisende, ehrlich beeindruckt, aber bemüht, den Redeschwall des Schlüsselgewaltigen nun wirklich zu beenden. »Haben Sie schon einmal darüber nachgedacht, was Sie tun, wenn die Gäste unendlich vieler Hotelketten mit jeweils unendlich vielen unendlichen Hotels vor Ihrer Tür stehen?« ◁

LITERATUR: Neue Erlebnisse aus dem Cantorland, Teil 1 und 2. Von Bernhard Strowitzki in: Spektrum der Wissenschaft 4/2000, S. 112, und 5/2000, S. 112.

Diskrete Spielereien
Lösungen zu den Aufgaben von Seite 69

1. Nennen wir die natürlichen Zahlen, die keine Zwei enthalten, »zulässig«. Um die Summe der Kehrwerte der zulässigen Zahlen zu bestimmen, gehen wir getrennt nach einstelligen, zweistelligen, … Zahlen vor.

Für die erste Ziffer einer n-stelligen zulässigen Zahl haben wir acht Möglichkeiten zur Auswahl (alle außer 0 und 2), für alle anderen Ziffern neun Möglichkeiten (alle außer 2). Also gibt es insgesamt $8 \cdot 9^{n-1}$ n-stellige zulässige Zahlen.

Eine n-stellige Zahl liegt zwischen 10^{n-1} und 10^n, ihr Kehrwert zwischen $1/10^n$ und $1/10^{n-1}$, die Summe der Kehrwerte der n-stelligen zulässigen Zahlen zwischen $8 \cdot 9^{n-1} / 10^n = (8/10) \cdot (9/10)^{n-1}$ und $8 \cdot (9/10)^{n-1}$.

Summiert man über alle n, so ergibt sich, dass unsere unbekannte Summe nach unten und oben durch eine geometrische Reihe mit dem Faktor $(9/10)$ abgeschätzt wird. Daraus folgt, dass die Summe zwischen 8 und 80 liegt. Insbesondere ist sie endlich!

2. Sehen wir uns an, was geschieht:

Ab Zeile 9 treten nur noch Einsen und Nullen auf. Von dieser Zeile an können also die Differenzen nur noch die Werte 0 und 1 annehmen. Es gibt aber nur $2^5 = 32$ verschiedene Folgen aus fünf Zahlen, die nur 0 und 1 enthalten. Spätestens nach 32 Zeilen stoßen wir also auf eine, die schon einmal da war, und von da an wiederholt sich das Muster der Zeilen immer wieder aufs Neue (periodisch).

In unserem Fall stellen wir fest, dass die Zeile 24 mit der Zeile 9 identisch ist. Die Länge der Periode beträgt somit 15 Zeilen. Es ist aber $1992 = 8 + 132 \cdot 15 + 4$. Hieraus schließen wir, dass die Zeile mit der Nummer 1992 identisch ist mit der vierten Zeile des periodischen Musters: 0 1 1 0 0.

Anfang:	0	6	9	9	2	
Zeile 1:	6	3	0	7	2	Vorperiode
Zeile 2:	3	3	7	5	4	
Zeile 3:	0	4	2	1	1	
Zeile 4:	4	2	1	0	1	
Zeile 5:	2	1	1	1	3	
Zeile 6:	1	0	0	2	1	
Zeile 7:	1	0	2	1	0	
Zeile 8:	1	2	1	1	1	
Zeile 9:	1	1	0	0	0	
Zeile 10:	0	1	0	0	1	
Zeile 11:	1	1	0	1	1	
Zeile 12:	0	1	1	0	0	
Zeile 13:	1	0	1	0	0	
Zeile 14:	1	1	1	0	1	
Zeile 15:	0	0	1	1	0	Periode der Länge 15
Zeile 16:	0	1	0	1	0	
Zeile 17:	1	1	1	1	0	
Zeile 18:	0	0	0	1	1	
Zeile 19:	0	0	1	0	1	
Zeile 20:	0	1	1	1	1	
Zeile 21:	1	0	0	0	1	
Zeile 22:	1	0	0	1	0	
Zeile 23:	1	0	1	1	1	
Zeile 24:	1	1	0	0	0	
Zeile 25:	0	1	0	0	1	
Zeile 26:	1	1	0	1	1	

3. Der Schwerpunkt des Dreiecks mit den Eckpunkten $A = (a_1, a_2, a_3)$, $B = (b_1, b_2, b_3)$ und $C = (c_1, c_2, c_3)$ ist gleich ihrer Summe, geteilt durch 3:

$S = ((a_1+b_1+c_1)/3, (a_2+b_2+c_2)/3, (a_3+b_3+c_3)/3)$

(Man addiert Punkte, indem man ihre Koordinaten addiert, wie bei der Vektoraddition.) Der Schwerpunkt hat also genau dann ganzzahlige Koordinaten, wenn alle drei Koordinatensummen $a_1+b_1+c_1$, $a_2+b_2+c_2$ und $a_3+b_3+c_3$ durch 3 teilbar sind.

Deswegen rechnet man »modulo 3«: Man betrachtet statt der Koordinaten selbst deren Reste bei der Division durch 3. Man addiert und multipliziert wie gewohnt, ersetzt aber jedes Vielfache von 3 durch 0. Es kommen also nur die Zahlen 0, 1 und 2 überhaupt vor, und $1 + 2 = 0$.

Statt in dem großen diskreten Raum arbeiten wir nun in dem »kleinen« Raum der Punkte modulo 3. Man sagt, wir »projizieren« vom großen Raum in den kleinen, weil dieser Übergang einer Schattenbildung ähnlich ist. Insbesondere können zwei verschiedene Punkte des großen Raums durch die Projektion auf denselben Punkt abgebildet werden.

Der kleine Raum ist in der Tat sehr eng. Er besteht aus den Punkten (a_1, a_2, a_3), deren Koordinaten a_1, a_2 und a_3 die Werte 0, 1 und 2 annehmen dürfen. Das sind insgesamt nur $3^3 = 27$ Punkte, wie die Würfelchen eines Rubik-Würfels. Spätestens von 55 beliebigen Punkten des großen Raums müssen drei denselben Schatten haben, und das Dreieck aus diesen drei Punkten hat dann einen ganzzahligen Schwerpunkt, denn die Summe ihrer Schatten ist $(3a_1, 3a_2, 3a_3) = (0, 0, 0)$.

Wir wissen also schon, dass $n \leq 55$ ist; gesucht ist aber das kleinste n mit dieser Eigenschaft. Andersherum gedacht: Man sucht möglichst viele Punkte mit der Eigenschaft, dass kein aus diesen Punkten gebildetes Dreieck einen ganzzahligen Schwerpunkt hat. Nennen wir diese größtmögliche Punktanzahl m, so ist $n = m + 1$. Wir suchen also m Punkte im Schattenraum mit der Eigenschaft, dass niemals die Summe dreier Punkte gleich 0 ist. (Wir schreiben einfach 0 für den Punkt $(0, 0, 0)$.)

Unter diesen m Punkten dürfen gewisse Punkte doppelt vorkommen; sie könnten ja Schatten verschiedener Punkte des großen Raums sein. Deswegen sprechen wir nicht von einer Menge von Punkten, sondern von ▷

DISKRETE SPIELEREIEN – LÖSUNGEN

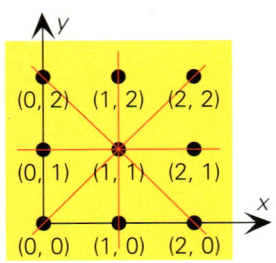

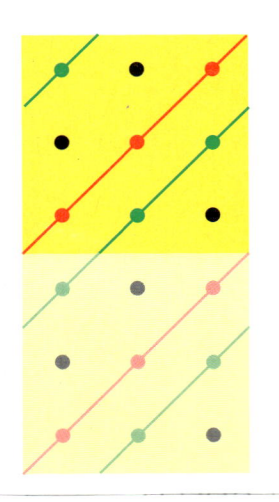

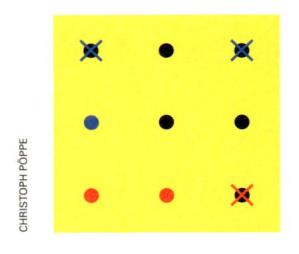

einer »Familie«, was nichts weiter ist als eine Menge, in der gewisse Elemente mehrfach vorkommen dürfen. Wir nennen unsere Punktfamilie »frei«, wenn sie die gesuchte Eigenschaft hat, nämlich dass niemals die Summe dreier Punkte aus der Familie gleich 0 ist.

Eine Familie, die drei gleiche Punkte enthält, ist nicht mehr frei, denn die Summe dreier gleicher Punkte ist stets 0. Eine freie Familie, die einen Punkt einfach enthält, bleibt frei, wenn sie denselben Punkt doppelt enthält, denn das einzige neu hinzukommende Dreieck, das die Freiheit verderben könnte, müsste eben diesen Punkt doppelt enthalten. Der dritte Punkt dieses Dreiecks müsste jedoch ein drittes Exemplar desselben Punktes sein, sonst kann die Summe 0 nicht zustande kommen.

Eine maximale (größtmögliche) freie Familie enthält also jeden ihrer Punkte doppelt. Denken wir im Folgenden der Einfachheit zuliebe nur über »maximale Halbfamilien« nach, also solche, die von den doppelt vorhandenen Punkten einer maximalen Familie nur je eine Ausfertigung enthalten.

Eine Halbfamilie ist genau dann frei, wenn keine drei Punkte aus ihr auf einer Geraden liegen. Denn im Schattenraum besteht jede Gerade aus genau drei Punkten: a, $a+b$, und $a+2b$; $a+3b$ ist nämlich schon wieder gleich a, denn $3b=0$. Und die Summe aller drei Punkte einer Geraden ist stets null: $a+(a+b)+(a+2b)=3a+3b=0$. Ebenso kann man nachrechnen: Wenn ein Dreieck im Schattenraum den Schwerpunkt 0 hat, dann liegen seine Ecken auf einer Geraden.

Das obere Bild links zeigt eine von drei Würfelebenen (die dritte Koordinate ist weggelassen) mitsamt den vier Geraden, die durch den Punkt (1, 1) gehen. Aber eine Gerade sieht nicht unbedingt gerade aus. Die drei grünen Punkte im Bild darunter liegen ebenso auf einer Geraden wie die drei roten, weil man sich – wir rechnen ja modulo 3 – beliebig viele Exemplare dieser Ebene neben- und übereinander angeordnet vorstellen muss. Gleichwohl gilt wie in der gewöhnlichen Geometrie, dass durch zwei beliebige Punkte genau eine Gerade geht.

Von den neun Punkten dieser Ebene kann man höchstens vier so auswählen, dass keine drei auf einer Geraden liegen. Wählt man nämlich zwei Punkte aus (rot im unteren Bild), dann ist der dritte Punkt auf der Geraden durch diese zwei Punkte nicht mehr wählbar (rotes Kreuz). Der dritte ausgewählte Punkt (blau) sperrt dementsprechend zwei weitere Punkte (blaue Kreuze), sodass der vierte gerade noch in die Ebene passt und die restlichen Punkte sperrt. Dass das allgemein gilt, bestätigt man, indem man die wenigen möglichen Fälle durchprobiert.

Eine maximale freie Halbfamilie, die auf eine Ebene beschränkt ist, hat also genau vier Elemente. Auf dieselbe Weise, nur mit wesentlich mehr Fallunterscheidungen, findet man, dass man im gesamten Würfel höchstens neun Punkte so auswählen kann, dass keine drei auf einer Geraden liegen, zum Beispiel (0, 0, 1), (0, 1, 0), (0, 1, 2), (1, 0, 1), (1, 1, 0), (1, 1, 2), (2, 0, 0), (2, 0, 2) (2, 2, 1). Dabei können die Geraden ziemlich schräg durch den Würfel verlaufen.

Damit ist das Problem gelöst: Eine maximale freie Halbfamilie im gesamten Würfel hat genau neun Elemente, eine maximale freie Familie hat 18 Elemente, und $n=19$.

4. Es geht darum, eine Permutation f aus der Kenntnis ihres »Quadrates« $g=f\circ f$ zu ermitteln. ($f\circ f$ bedeutet, die Abbildung f zweimal hintereinander anzuwenden.) Nicht jede beliebige Permutation g hat in diesem Sinne eine »Wurzel«.

Man schreibt zunächst die (bekannte) Permutation g in Form von »Bahnen« auf. Das sind die Wege, die einzelne Gäste durchlaufen würden, wenn das Zimmer-wechsle-dich-Spiel unbegrenzt fortgeführt würde.

▶ Herr Eins: $1 \to 3 \to 15 \,(\to 1 \ldots)$
▶ Herr Zwei: $2 \to 11 \to 7 \to 6 \to 14 \,(\to 2 \ldots)$
▶ Herr Drei durchläuft den Weg von Herrn Eins mit einer Nacht Vorsprung und muss daher nicht eigens aufgeführt werden; Ähnliches gilt für die anderen hier nicht genannten Gäste.
▶ Herr Vier: $4 \to 10 \to 16 \to 12 \,(\to 4 \ldots)$
▶ Herr Fünf: $5 \to 8 \to 9 \to 13 \,(\to 5 \ldots)$.

Die Gästeschar zerfällt also in vier Teilmengen, deren Mitglieder den Zimmertausch g jeweils unter sich ausmachen. Eine dieser Teilmengen ist $A=\{1, 3, 15\}$. Sie wird von der gesuchten Permutation f auf eine ebenfalls dreielementige Teilmenge B abgebildet, und B wird von f auf A abgebildet. Da auch die Mitglieder von B bei der Anwendung von g unter sich bleiben müssen, bleibt als einzige Möglichkeit $B=A$, denn es steht keine andere dreielementige Teilmenge zur Auswahl. Daraus ergeben sich die Karten an den Zimmern 1, 3 und 15:

Sie sind in Zimmer	1	3	15
Ziehen Sie bitte um in Zimmer	15	1	3

Entsprechend erschließt man aus der Bahn von Herrn Zwei:

Sie sind in Zimmer	2	11	7	6	14
Ziehen Sie bitte um in Zimmer	6	14	2	11	7

Aus der Karte an Zimmer 4 wissen wir, dass die Bahn von Herrn Vier von f in diejenige von Herrn Fünf abgebildet wird und umgekehrt:

Sie sind in Zimmer	4	5	10	8	16	9	12	13
Ziehen Sie bitte um in Zimmer	5	10	8	16	9	12	13	4